KB124257

# 살고 보니 아름답구나

# 살고 보니 아름답구나

김선희 인터뷰집

평균 나이 76세, 지금이 가장 찬란하다

# 서문

몇 해 전 가을, 산으로 밤을 주우러 갔다가 이웃집 할머니를 만났다. 이사온 지 얼마 안 된 할머니와는 그전까지 한 번도 마주친 적이 없었다. 할머니는 제법 넓은 정원의 풀을 일일이 뽑는 것도 모자라 도로변에 자라고 있는 풀들까지 뽑고 그 자리에 코스모스를 옮겨 심었다. 하루도 쉬지 않고 일하는, 정말로 바지런한 분이었다.

솔직히 할머니와 친해지고 싶었다. 아주 작은 키에 백설기처럼 새하얀 커트 머리, 주름살 없는 새하얀 얼굴, 빨간 장화를 신고 밭이나 정원에서 일을 하고 있는 할머니는 요정 같았다. 무엇보다 길가에 꽃을 심는 그 마음이 특별하다고 생각했다.

그런 할머니를 산에서 딱 마주치자 내 가슴은 떨렸다.

할머니도 나를 알아봤다. 나는 "안녕하세요."하고 인사했다. 할머니가 밤이 가득 담긴 불룩한 천 가방을 내려놓고 앉았다. 나도 그 옆에 앉았다.

그때부터 할머니의 이야기가 시작됐다. 어려서 시집온 이야기, 시집와서 남편과 살았던 이야기, 남편이 치매에 걸린 이야기, 남편처럼 치매에 안 걸리기 위해 밤낮없이 일을 했던 이야기, 이곳으로 이사 오게 된 이야기, 이곳에서 사는 이야기…….

시간이 가는 줄 몰랐다. 숲속에서 머리가 하얀 요정이 나타나 옛날이야기를 들려주는 것 같았다. 나는 밤 줍는 것도 잊은 채 그 비현실적인 이야기 속으로 빨려 들어갔다. 그렇게 한참 이야기를 듣고 우리는 쿨하게 인사를 하고 산에서 헤어졌다. 그 다음부터 할머니와 진짜로 친해졌다.

나는 노인들 이야기를 듣는 걸 좋아한다. 대부분의 노인들은 낯선 사람 앞에서 처음부터 경계심을 보이지 않는다. 버스 정류장에서, 시장에서, 목욕탕에서 만난 할머니들은 '사연을 다 털어놓으면 열두 권짜리 전집이 나올 정도'의 살아온 이야기를 마치 옛날이야기를 하듯 담담하게 전한다. 나는 그렇게 자신의 이야기를 하는 노인의 회색 눈을 가만히 들여다본다. 그들의 눈에는 저문 한 시대가 담겨 있다. 억울하고 분하지만 다시 그 시절로 돌아가도 똑같이 살았을, 그렇게 살 수밖에 없는 어미, 아비의 숙명 같은 영혼이 담겨 있다.

우리나라 역사에서 우리 부모님 세대들만큼 치열하게 살아온 세대가 또 있을까? 자식 굶기지 않기 위해, 자식들에게 더 나은 삶을 물려주기 위해 그들은 허리가 휘도록 일을 했다. 그들의 삶에서 자신들은 없었고 부모와 자식 등 가족이 전부였다. 그렇게 힘들게 살고 나니 어느덧 눈썹이 하얗게 샌 노인이 되었다.

노인이 돼 버리면 어떻게 살아야 할까.

내가 용인에서 만난 일곱 분의 노인들은 그 질문에 가장 성실한 답을 한 삶의 교본 같았다. 그들 역시 이 땅의 다른 부모들처럼 한평생 가족을 위해 험난한 순간들을 맨몸으로 뚫고 살아왔다. 이제 더는 가족을 위해 수고하지 않을 나이가 됐을 때 지나간 시절을 한탄하며 삶을 원망하는 대신 그들은 자신들이 어떻게 살아야 하는지를 고민했다. 자서전을 쓰거나, 시를 쓰거나, 봉사를 하거나, 취미생활을 하는 등 나름의 방법들을 찾아냈고 실행에 옮겼다. 인생 황혼기가 인생 황금기로 변한 것이다. 그렇게 살아가는 일곱 분의 노인들의 삶은 숭고하고 아름다웠다.

나도 노인이 되면 늙음에 절망해 죽을 날을 기다리기보다 하루하루를 멋지고 신나게 살고 싶었는데, 그들이 그 길을 알려주었다. 사는 오늘이 가장 아름답다는 말, 사는 오늘이 가장 행복하다는 말을 들을 때는 나도 가슴이 떨렸다.

이 책이 단순한 노인들의 이야기를 듣는 데서 그치는 게 아니라 장차 노후를 맞이할 우리들을 제대로 잘 사는 길로 안내하는 길잡이가 되길 바란다.

2019년 9월
부곡리 산자락 밑에서 김선희

목 차

# 내가 마지막으로 할 일은 아내를 추모하는 일

**안선호** 1933년생

“평생 시간에 쫓기며 바쁘게 살았다.
똑같은 시간인데 지금은 느리게 흘러간다.
하루 종일 멍하니 앉아 있으면 아내 생각만 난다.
어쩌자고 그 사람은 나를 두고 먼저 가버렸을까.
무정한 사람, 야속한 사람.”

2017년 12월 30일. 아내가 세상을 떠났다. 노을이 지고 낙엽이 지는 늦은 가을. 서해바다 쪽으로 지는 해와 함께 떠나는 아내를 생각하니 울음밖에 나올 게 없다. 할 수 있는 일이라고는 고작 주저앉아 목 놓아 우는 것뿐이다.

62년을 함께 산 아내였는데, 그런 아내가 옆에 없다는 게 도무지 믿어지지 않았다. 속절없이 날이 밝고, 해가 지고, 또 날이 밝고, 그렇게 하루하루가 흘러갔다. 시린 겨울이 가고 꽃이 활짝 피는 봄이 왔다. 세상은 눈부시게 아름답다.

사람들은 웃고 떠들고 먹고 마신다. 세상은 여전히 잘 돌아가고 있다. 모든 건 그대로인데 아내만 이 세상에 없다.

이런 날이 올 거라고 예상이나 했을까? 여든여섯의 나이에 집에 혼자 남겨질 거라고 감히 상상이나 했을까? 상상도 하지 못했던 일이 현실이 되고 보니 견디기 힘든 나날들이 계속되고 있다. 외로워서 못 살 것 같은 오늘 하루가 또 갔다. 앞으로 얼마나 더 많은 '아내 없이 사는 날'이 계속될지 알 수 없다. 지금 단 하나의 소원이 있다면 빨리 아내 곁으로 가는 것뿐. 외롭고 쓸쓸한 이 세상 소풍이 빨리 끝나 아내 곁으로 갔으면 하는 마음뿐이다.

## 아내가 없는 집

올해 여든 여섯 살인 안선호는 지금 혼자 살고 있다. 결혼생활 62년 동안 아내 없이 살아본 적이 없었는데 지금은 혼자다. 아내가 떠난 지 2년이 흘렀지만 아직도 아내의 부재를 믿을 수 없다. 어쩌면 남은 평생 이렇게 아내의 부재에 적응하지 못할 것 같다.

퇴직하고 용인에 내려와 아내와 단둘이 살기 시작한 집은 돌아보면 아내의 손길이 안 미친 데가 없다. 아내는 살림을 야무지게 잘했다. 넓은 집을 매일 쓸고 닦았다. 집은 곧 아내였고, 아내는 곧 집이었다.

이렇게 살뜰하게 살아놓고 왜 먼저 가 버렸단 말인가. 아내의 손때가 묻은 집안 살림살이를 둘러볼 때마다 아내를 향한 그리움은 더 깊어져만 간다. 지금 생각해보면 아내가 있는 집은 언제나 따스했다. 아이들이 내려오면 따스한 이 집에 밝고 경쾌한 웃음소리가 가득했다.

지금도 선호는 아침에 눈을 뜨면 습관적으로 옆자리를 본다. 아내 자리가 빈 것을 볼 때마다 가슴이 철렁 내려앉는다. 전에는 아내가 아침을 챙겨줬다. 그러나 지금은 선호 자신이 아침을 챙겨 먹어야 한다. 주방으로 가 우유에 선식을 타서 마신다. 선식을 먹고 멍하니 앉아 시간을 보낸다.

평생 시간에 쫓기며 바쁘게 살아왔다. 젊었을 때는 시간이 빨리 감기를 하는 것처럼 빠르게 지나갔다. 똑같은 시간인데 지금은 몇 배로 늘려놓은 것처럼 느리게 흘러간다. 하루 종일 멍하니 앉아 있으면 아내 생각만 난다. 어쩌자고 그 사람은 나를 두고 먼저 가버렸을까. 무정한 사람. 야속한 사람.

점심때는 요양사가 와서 점심을 차려준다. 점심밥 역시 혼자 먹는다. 밥맛이 있을 리가 없다. 요양사는 집안 청소를 하고 저녁 식사를 준비해준다.

요양사가 가고 난 뒤 또 혼자가 된다. 시간은 너무나 길고 삶은 너무나 지루하다. 저녁때가 되면 혼자 밥을 차려 먹는다. 요즘은 밥보다 약을 더 많이 먹는다. 일찍 자리에 들지만 여기저기가 아파 잠을 못 이룬다. 머리는 어지럽고 이명 현상까지 있다. 전립선이 안 좋아 소변을 잘 못 보고 다리도 저리다. 밤에는 온몸이 가려워서 잠을 거의 못 잔다.

자식들이 찾아오면 적요했던 집안에 모처럼 생기가 돈다. 잠시나마 외로움을 잊을 수 있다. 하지만 자식들이 돌아가고 나면 더 외롭고 쓸쓸하다.

과연 언제까지 이렇게 살아야 할까. 살아 있어도 살아 있는 게 아닌 삶.

옆집에 사는 92세 노인은 수면제를 사 모은다고 한다. 집사람이 먼저 가면 적당한 시기에 집사람을 따라가기 위해서라고 한다. 그 이야기를 듣고 선호는 생각했다. 때가 가까워지면 집과 모든 걸 정리해야지. 이미 아내 묘 옆자리에 자신의 묘도 마련해 놨다.

그러나 아내 옆으로 가기 전에 해야 할 일이 있다. 송나라 주신중은 죽기 전에 다섯 가지를 없애는 오멸五滅을 실천해야 삶을 제대로 마무리한다고 했다.

첫째, 멸재滅財. 즉 재산을 남기지 말고 죽을 것.

둘째, 멸원滅怨, 즉 원한을 남기지 말고 죽을 것.

셋째, 멸채滅債, 즉 남에게 빚을 남기지 말고 죽을 것.

넷째, 멸정滅情, 즉 정분을 남기지 말고 죽을 것.

다섯째, 멸망滅亡, 즉 죽음을 두려워하지 말고 죽을 것.

선호는 이 다섯 가지를 잘 멸하기 위해 노력중이다. 한평생 잘 살았으니 이제는 잘 죽는 일만 남았다.

## 열일곱 살에 경험한 전쟁터

선호는 1933년 9월 28일 경상남도 함안에서 4남 3녀 중 막내로 태어났다. 아버지는 면서기를 거쳐 군서기를 했다. 덕분에 어렸을 때는 집안이 꽤 부유했다. 유교 학자를 많이 배출한 집안답게 가풍은 엄격했다.

아이들은 서당에 다니며 한문을 배웠는데 선호도 형들을 따라 서당에 다니며 한문을 배웠다. 선호는 공부를 잘했다. 머리가 비상해서 한번 외운 건 절대 까먹지 않았다. 특히 숫자 암기에는 탁월한 재능이 있어서 머리에 한번 저장된 숫자는 절대 지워지지 않았다.

선호는 조용하고 내성적인 소년이었다. 막내였지만 막내답지 않게 매사에 진지하고 어른스러웠다.

서당을 마치고 중학교에 올라갔다. 그 당시 중학교는 6년제였는데 선호가 4학년이던 열일곱 살 나던 해 6.25전쟁이 터졌다. 나라 안이 전쟁터가 됐다. 젊은 남자들은 전쟁터로 나갔다. 마을에는 노인들과 아이들만 남았다. 선호는 학도병으로 입대했다. 선호가 사는 고장에서 100여 명이 학도병으로 입대했다.

일주일 동안의 짧은 군사훈련을 받고 곧바로 후퇴하는 북한군을 추격하는 전투에 투입됐다. 당시 북한군은 낙동강까지 밀고 내려왔다가 지리산을 거쳐 덕유산 일대까지 퇴각하고 있는 중이었다.

전쟁터는 참혹했다. 하루에도 수십 번 씩 폭탄이 터졌고 총 소리가 울렸다. 퇴각하는 북한군이 쏜 총탄을 맞은 학도병이 피를 흘리며 쓰러졌다. 바로 옆에 있던 학도병이 총을 맞고 그 자리에서 죽었다.

밤이 되면 고향집이 그리웠다. 부모님도 그립고 함께 뛰어놀던 동무들도 보고 싶었다. 어린 선호에게 전쟁터는 견디기 힘든 고통스러운 곳이었다. 그렇게 몇 개월을 북한군을 추격하는 전투에 참여하고 난 뒤 선호는 다시 고향으로 돌아올 수 있었다. 선호와 함께 입대했던 100여 명 중에서 15명은 고향으로 돌아오지 못했다.

전쟁터에서 돌아온 그 이듬해 선호네 가족은 모두 서울로 이사를 했다. 조상 대대로 물려받은 땅을 형들이 사업을 한다고 팔아 가세가 기울어졌기 때문이다. 가족들은 먹고 살기 위해 고향을 떠났다.

전쟁으로 잿더미가 된 서울에서 선호는 대학에 진학해 학업을 계속 이어갔다. 이때는 가족 모두가 고생을 많이 했다. 지금까지 살면서 가장 힘들었던 시기였다.

전쟁이 끝나고 서울살이도 어느 정도 안정이 됐을 때 고모가 집으로 놀러왔다. 그때 선호는 대학 졸업반이었다.

"이제 너도 결혼할 때가 됐잖아. 어떤 여자가 좋아?"

선호는 곰곰이 생각했다. 집안에는 여자들이 많았다. 친형수들도 있었고 작은집 형수들도 있었다. 형수들은 얼굴이 예쁘거나, 솜씨가 좋거나, 성격이 괄괄하거나, 학벌이 좋거나, 집안이 좋거나 하는 등 다들 각양각색이었다. 집안 여자들을 보며 선호는 자신의 이상형을 생각하고 있었다.

"마음씨가 좋으면 돼요."

막내였던 선호는 늙은 부모님이 병들어 누워 계시는 것을 자주 봤다. 늙고 병든 부모님에게 잘해드릴 며느릿감으로는 마음씨가 좋은 게 최고였다. 지금 젊은 사람들은 납득할 수 없는 이유였지만, 선호 세대의 남자들에게 부모님은 이상형까지도 결정할 만큼 절대적인 존재였다.

마침 고모부 질녀에게 딸이 있는데 마음씨가 착하다고 했다. 진주여고를 나온 재원으로 아버지가 함양군 안의면 향교 전교였고, 어머니의 할아버지는 이조말엽 도승지 벼슬을 지낸 명문가라고 했다. 신붓감은 첫째 딸이었고 선호는 막내아들이었기 때문에 신붓감의 할아버지와 선호 아버지는 나이가 비슷했다.

선호 마음대로 결혼 상대자를 결정할 수는 없었다. 고모부의 말을 듣고 부모님도 흔쾌히 결혼을 허락했다. 선호는 신부 얼굴을 한번도 못 본 채 병석에 누워 계신 부모 대신 형님을 따라 함양으로 결혼식을 치르러 내려갔다.

평생 바쁘게 일만 하던 안선호. 그는 퇴직 후 전원생활을 하면서 온전히 아내와 함께 시간을 보냈다. 아내와 함께 여행을 다니고, 골프를 치면서 그는 아내와 보내는 시간이 가장 행복했다.

1953년 1월 16일, 두 사람은 결혼식을 올렸다. 그해 3월 8일 대학을 졸업했고 4월 12일에는 군에 입대했다. 오랜 세월이 흘렀지만 선호는 아직도 중요한 날의 날짜를 정확히 기억하고 있다.

선호는 첫날밤에 비로소 신부 얼굴을 제대로 봤다. 신부는 고모 말처럼 무척이나 착해 보였다. 선호는 신부가 마음에 쏙 들었다.

서울에 올라와 필동에 단칸방을 얻어 신접살림을 차렸다. 그러나 결혼한 지 석 달 만에 입대하게 되었다. 어린 부부는 달콤한 신혼생활을 해보기도 전에 생이별을 했다.

선호는 하루 종일 훈련을 받고 밤에 자리에 누워 아내를 생각했다. 하지만 아무리 기억을 하려고 해도 아내 얼굴이 생각나지 않았다. 결혼한 그해 10월에 첫애가 태어났다. 선호는 아이를 품에 안아보지도 못했다. 혼자서 아기를 낳아 키우며 고생하고 있을 아내를 생각해 하루빨리 돌아가 아내를 호강시켜주고 싶은 마음뿐이었지만 그는 군대에 있었다. 3년이라는 기간이 30년만큼이나 길게 느껴졌다.

선호는 전역을 하고 집으로 돌아와 취직을 위해 백방으로 뛰었다. 대학졸업장도 있고 군대도 갔다 왔기 때문에 쉽게 취직을 할 수 있을 거라고 생각했다. 하지만 생각만큼 쉽지 않았다.

당시 사회는 무척이나 어수선했다. 이승만의 장기 독재로 미국의 원조가 축소되면서 경기 침체가 계속됐고 실업이 증가했다. 급기야 1960년 4.19혁명이 일어나면서 사회는 걷잡을 수 없이 혼란스러워졌다.

전역을 하면 금방 취직을 해서 처자식 먹여 살릴 줄 알았는데 혼란스러운 사회 분위기 탓에 쉽게 직장이 구해지지 않았다. 직업도 없는 가난뱅이에게 시집와서 아기 낳고 키우느라 고생하고 있을 아내를 생각하면 무슨 일이든 해서 돈을 벌고 싶었다.

다행히 삼호방직에 취직이 됐다. 삼호방직은 그 당시 우리나라 최대의 방직 회사였다. 선호는 들뜬 마음으로 기쁜 소식을 아내에게 알렸다. 그러나 아내는 조용히 미소만 지을 뿐, 유난을 떨지 않았다. 선호가 직업이 없어 놀고 있을 때도 잔소리 한번 하지 않았던 아내였다. 기쁜 일에도, 힘든 일에도 아내는 조용히 자신의 자리를 지켰다.

선호는 입사하고 얼마 안 돼 부산 지사로 발령을 받았다. 선호가 부산으로 내려가자 아내는 시골 큰집으로 내려갔다. 큰집에는 병환으로 누워 계신 어머니와 혼자 남은 형수, 조카 남매가 있었다. 아내는 그곳에서 무려 7년을 시어머니 병수발을 들며 살았다. 남편도 없는 시댁에서 긴 세월을 살면서도 아내는 불평 없이 묵묵히 살았다. 다른 사람 같았으면 벌써 불평불만을 늘어놓았을 텐데도 아내는 그 고통의 시간을 잘 견뎌주었다.

## 철저한 성격으로 서울 본사 발령을 받다

해방되기 전 부산에서 가장 큰 방직회사는 조선방직이었다. 조선방직은 일본인이 설립한 국내 최초의 면방직 업체였다. 범일동 일대에 공장들이 즐비했는데, 그 당시 종업원이 3천200여 명에 이를 정도로 큰 방직회사였다. 얼마나 컸는가 하면 이 일대를 지금도 '조방앞'이라 부르는데 '조선방직소앞'을 줄여 만든 말이다. 범일동은 조선방직 말고도 신발공장이 많은 곳으로 유명하다.

해방이 되고 나서 일본인이 갖고 있던 재산은 모두 국가로 귀속이 됐다. 조선방직도 국가로 귀속이 됐다. 1955년 이승만의 오른팔로 알려진 강일매가 조선방직을 국가로부터 임대받아 사장으로 취임했다. 1956년 강일매가 사망하면서 삼호방직이 조선방직을 인수했다. 삼호방직은 대전방직까지 인수해 국내 최대의 방직 재벌이 됐다. 선호가 부산으로 내려갔을 때는 삼호방직이 조선방직을 인수한 지 몇 년 지나지 않았을 때였다.

공장은 눈 코 뜰 새 없이 바빴다. 아침에 출근해서 밤늦게까지 일했다. 맡은 일을 완벽하게 해내지 않으면 직성이 풀리지 않는 성격 탓에 남들보다 몇 배를 더 열심히 일했다.

부산으로 내려간 지 2년째 되는 식목일이었다. 수백 명이나 되는 종업원이 부산 동래에 있는 산으로 식목행사를 하러 갔다. 공장장이 시찰까지 나온 제법 큰 행사였다.

선호가 종업원들과 한창 나무를 심고 있는데 공장장 일행이 다가왔다. 공장장은 산을 둘러보며 지나가는 말투로 물었다.

"산이 꽤 크군. 몇 평이나 되나?"

느닷없는 공장장의 질문에 직원들은 아무 말도 하지 못했다. 공장장은 산 주소나 지목 등을 계속 물었다. 그 물음에도 아무도 대답하지 못했다. 직원들로서는 모르는 게 당연했다. 그때 조용히 있던 선호가 산 평수와 지목, 주소까지 자세히 대답했다. 공장장은 물론 주변에 있던 사람들이 깜짝 놀랐다.

공장장이 물었다.

"아니 그런 걸 다 어떻게 알고 있었나?"

"나무를 심으러 오기 전에 공부를 했습니다. 적어도 제가 나무를 심을 산에 대한 정보는 알고 와야 할 것 같았습니다."

굳이 알 필요가 없었지만 그는 식목행사에 오기 전 되도록 많은 것들을 조사했다. 그것이 그의 스타일이었다. 눈앞에 있는 것만 보는 게 아니라 더 멀리, 더 넓은 것을 볼 것. 어떤 일을 하게 되면 철저하고 꼼꼼하게 준비할 것.

그 일로 공장장은 선호를 신임하게 되었다. 얼마 후 공장장은 본사에 선호를 추천했다. 선호는 본사 총무과로 발령이 났다. 선호는 부산 근무 2년 만에 본사로 화려하게 입성했다.

## 꼼꼼하고 성실하고 강직했던 직장생활

선호는 누구보다 열심히 일했다. 꼼꼼함과 성실성, 거기다 어떤 것에도 흔들리지 않는 강직함까지 갖추고 있어 상사로부터 신임을 받았다. 승진도 빨랐다. 단시간 내에 대리에서 과장을 거쳐 총무부장으로 승진했다.

총무부장으로 근무할 때였다. 회사 통근버스가 매연 검사에 걸렸다. 선호는 경찰에게 자신이 전결을 했기 때문에 책임자라고 주장했다. 선호는 형무소에 수감됐다. 원래는 사장이 들어가야 할 자리였지만 그가 대신 들어간 것이다.

그때 형무소에는 같은 혐의로 들어온 사람이 두 명 있었다. 둘 다 회사 사장들이었다. 선호가 말을 바꿔 전결이 아니었다고 말했다면 형무소에서 나올 수도 있었다. 그러나 선호는 끝까지 자신이 책임자라고 주장했다. 비록 11일 후에 벌금을 물고 나왔지만 형무소에 수감됐던 건 평생을 두고 잊지 못할 뼈 아픈 기억이었다. 호사다마라고 했던가. 이 일로 그는 회장에게 인정을 받았다.

총무과는 회사 살림살이를 도맡아 하는 중요한 부서였다. 마음만 먹으면 부정이나 비리를 저지를 수 있는 기회가 많았다. 선호는 부정은커녕 회사에 손해가 가는 일은 어떤 일이 있어도 막았다. 철저하게 회사의 이익을 위해서만 일했다.

원칙주의자로서 그의 진가가 발휘된 일이 있었다. 그 당시 돈으로 한 대에 1억 가까이 되는 기계를 회사에서 도입할 때였다. 총무부에서는 3군데 업체에서 견적을 받았다. 한 업체에서는 1억1천600만 원, 다른 업체는 9천800만 원, 또다른 업체에서는 8천만 원 대의 견적을 제시했다. 가장 높은 금액을 낸 업체는 기술상무가 추천한 곳이었다.

선호는 견적을 받은 업체를 불러 협상을 시작했다. 하지만 가장 높은 금액을 제시한 업체는 단 한 푼도 깎아줄 수 없다고 고자세로 일관했다. 선호는 그 업체에서 기계를 구입할 수 없다고 단호하게 말했다. 그러자 기술상무가 선호에게 가장 높은 금액을 제시한 업체에서 기계를 구매하라고 은근히 압력을 가해왔다.

상무의 부탁을 총무부장이 거역할 수 없는 난처한 입장이었다. 하지만 선호는 상무의 부탁을 거절했다. 일개 부장이 상무의 부탁을 들어주지 않는다는 것은 조직에서 있을 수 없는 일이었다.

상무는 위압적이었다가, 부탁했다가, 나중에는 애원까지 했다. 그는 회사에서 나가는 한이 있어도 절대 상무의 부탁을 들어줄 수 없다고 단호하게 말했다. 윗사람의 압력에 휘둘리면 일을 제대로 할 수 없다.

계속 협상을 한 끝에 한 푼도 깎아줄 수 없다던 그 업체에서 7천860만 원의 금액을 제시했다. 결국 업체들 중 가장 싼 가격으로 기계를 구입했다.

그날 선호는 사장에게 모든 상황을 설명했다. 사장은 중역회의를 열어 상무에게 크게 화를 냈다. 반면 선호는 주주총회 의결을 거쳐 이사로 승진했다. 사장을 대신해서 형무소에 다녀온 일, 기계 도입 때 보여줬던 강직함 등이 주요 요인으로 작용했다. 이때부터 선호는 승승장구했다. 이사를 거쳐 공장을 책임지는 상무가 됐고, 전무를 거쳐 부사장까지 올라갔다. 방계 회사 사장까지 겸직해서 그야말로 눈코 뜰 새 없이 바쁘게 보냈다.

1970~80년대의 대한민국은 눈부신 경제성장을 이룩하던 시기였다. 공장을 풀가동시켜야 할 만큼 수출 물량이 많았다. 선호는 50억 매출이었던 회사를 200억 매출이 될 때까지 함께 성장했다. 시화에 땅 1만 평을 사서 건물과 공장

을 짓기도 했다.

## 평생 있는 듯 없는 듯 조용히 내조를 잘한 아내

선호가 부산에서 서울로 올라오자 큰집에 내려가 있던 아내도 여덟 살이 된 큰딸과 올라왔다. 처음에는 월세방에서 시작해 전세방으로 옮겼다.

그 와중에 아내는 병든 시아버지를 모시고 살았다. 누워만 있는 시아버지 대소변을 받아내면서도 아내는 싫다는 내색조차 하지 않았다. 선호는 그런 아내에게 고맙고 미안했지만 무뚝뚝한 성격 탓에 고맙다는 말조차 다정하게 건네지 못했다.

식구들을 데리고 이사를 다닌 것만 해도 무려 열 번이 넘었다. 40대 중반이 되어서야 선호는 처음으로 집을 샀다. 그러나 내 집을 갖게 됐다는 기쁨도 잠시, 친구의 빚보

증을 잘못 서는 바람에 고스란히 집을 날리고 말았다. 얼마나 기가 막힌 일인지. 선호는 아내에게 면목이 없었다.

그러나 아내는 아무 내색도 하지 않았다. 아내라고 왜 속이 상하지 않았을까. 그래도 아내는 남편이 가장 힘들다는 것을 알고 있었다. 집을 날린 후 몇 년 동안 셋방살이를 전전하다 행당동에 작은 집 한 채를 겨우 마련할 수 있었다.

선호가 밤낮없이 회사 일에 매달려 있는 동안 아내는 집안 살림에 1남 4녀, 5남매를 묵묵히 키워냈다. 아이들 교육은 아내 몫. 아이들은 사건사고 없이 바르게 자랐다. 지금까지 기억에 남는 것이라면 셋째 딸이 세 살 때 3층에서 떨어졌는데, 전깃줄에 걸려 천만다행히 크게 다치지 않은 게 큰 사건이라면 사건이었다.

아이들 교육은 아내가 했지만 선호는 집 가훈을 백인(百忍, 백 번 참다), 화목, 성실로 정해 스스로 본보기가 되었다. 아이들은 부모를 보며 참는 법, 성실하게 사는 법, 화목하게 사는 법을 배웠다.

딸들과 아들은 모두 명문대를 졸업했다. 49세 때 첫 사위를 봤는데 네 명의 사위들 중에는 정치인도 있고 변호사, 개인 사업을 하는 사위도 있다. 아들은 방송국에 입사해 뉴욕지점장까지 지냈다. 손자들은 외손자, 친손자 합쳐 13명이다. 손자들 중에는 미국 로스쿨에 재학 중이거나 치과의사를 하는 손자도 있다.

돌아보면 이처럼 성공한 인생이 있나 싶을 정도로 잘 살아왔다. 기업체에 들어가 말단 사원부터 시작해 최고 경영자까지 해봤으니 더는 원이 없다. 1994년 그의 나이 64세에 정년퇴직을 했으니 멋지게 직장생활을 했다.

"이 모두가 다 집사람 은덕이었어요."

선호는 그 모든 덕을 아내에게 돌렸다.

그는 아내를 진심으로 존경하고 사랑했다. 아내는 평생 잔소리 한번 하지 않았다. 선호에게 해가 될까 큰소리도 내지 않았다. 평생을 있는 듯 없는 듯 조용하게 내조했다. 불평이나 불만이 없던 사람, 아무리 힘든 일이 있어도 겉으로 내색조차 하지 않던 사람. 선호는 퇴직을 하면 아내를 위해 여생을 살리라 다짐했다.

## 시골에서 시작한
## 제2의 평화로운 삶

퇴직한 선호에게 용인에 내려가 살고 있던 직장 선배가 근처에 내려와 살 것을 제안했다. 선호는 아내와 함께 선배가 살고 있는 곳으로 가봤다. 마을은 조용하고 평화로운 곳이었다. 무엇보다 주변 산세가 좋고, 공기도 맑고 마을이 깨끗했다.

부부는 그곳이 마음에 들었다. 서울은 퇴직자가 살기에는 너무 번잡하고 시끄러운 큰 도시였다. 부부는 용인으로 이주했다. 두 사람만의 달콤한 생활이 시작되었다. 넓은 마당에 꽃과 나무를 심었다. 봄이면 채소를 심고 가꿨다. 온갖 새소리와 꽃향기, 자라나는 싱싱한 채소들을 보며 사는 날들이 더할 나위 없이 만족스러웠다. 삭막한 도시에서는 느낄 수 없었던 여유로운 생활이었다.

선호는 아내에게 평생 자식들 키우고 살림하느라 하지 못한 것들을 다 해보라고 권유했다. 아내는 나이 60이 넘어 운전면허를 땄다. 서울로 여고동창회를 하러 가기도 하고 노래교실에 나갔다. 골프도 배웠다. 부부는 자주 골프장에 나가 골프를 쳤다. 사느라 함께하지 못했던 여행도 많이 했다. 전 세계를 한 바퀴 돌았을 정도로 많은 국가를 여행했다.

시골에 살면서 서울에 사는 아들딸들을 보러 가는 것도 큰 재미였다. 바쁜 회사생활 때문에 아이들이 자라는 것을 제대로 보지 못했는데 올망졸망 크는 손자손녀들 보는 건 또 다른 즐거움이었다.

그렇게 20여 년을 살았다. 선호는 아내와 함께 평생을 살 수 있을 거라고 믿었다. 적어도 아내의 발병 사실을 알기 전까지는 그랬다.

## 아내가 떠난 빈 자리

어느 날 아내가 배가 아프다고 했다. 아내는 웬만해서는 아픈 기색을 하는 사람이 아니었다. 아무리 아파도 꾹 참았다. 그런데 그날은 식은땀까지 흘리며 고통스러워했다. 아내를 데리고 병원에 갔다.

의사가 심각한 얼굴로 각종 검사를 해보자고 했을 때까지도 아내에게 그런 몹쓸 병이 있을 줄은 상상조차 하지 못했다. 검사 결과가 나왔다. 대장암 3기.

믿을 수가 없었다. 주위에서는 요즘 의술이 좋아서 수술을 하면 완치될 확률이 높다고 너무 걱정하지 말라고 위로했다.

선호는 아내를 병원에 두고 집에 돌아와 땅을 치고 통곡했다. 내가 잘못해서 저렇게 됐구나. 다 내 잘못이야. 후회가 밀려왔다. 일을 하느라 집안일에 신경 쓰지 못했다. 아내가 어련히 다 알아서 하겠거니 생각해 집안일을 모두 맡겼다. 아내에게도 신경 쓰지 못했다. 아내는 참고 또 참는 사람이다. 혼자서 고통을 참았을 아내를 생각하니 가슴이 찢어지는 것 같았다.

아내는 수술을 받았다. 수술은 성공했지만 안심할 수는

없었다. 퇴원을 해서 집으로 돌아와 아내의 병이 완치되기 위해 최선을 다해 간호했다. 암에 좋다는 민간요법을 찾으러 다녔다. 병이 낫는다면야 뭘 못할까 싶었다.

어느 여름날, 의자에 앉아 있던 아내가 의자와 함께 넘어졌다. 그대로 병원으로 실려 간 아내는 고관절이 골절됐다는 진단을 받았다.

아내는 병상에 누워 꼼짝도 못했다. 좀처럼 아픈 내색을 하지 않던 아내도 통증이 심할 때마다 고통스러워했다.

아내의 병세는 날로 심해졌다. 선호는 매일 병원으로 가서 아내를 간호했다. 하루하루가 소중했다. 누워 있어도 좋으니 계속 이 상태로 살아있어만 줘도 좋다고 생각했다.

그러나 그런 선호의 바람과는 다르게 아내의 병세는 점점 더 악화됐다. 나이도 많은 데다 고관절 골절은 회복이 불가능했다. 결국 일반병원에서 요양병원으로 옮겼다.

곱던 아내 얼굴은 병마와 싸우느라 알아볼 수 없을 만큼 초췌해졌다. 요양병원 의사가 선호에게 호스피스 병원을 말했을 때 선호는 또 한 번 절망했다. 요양병원에서 다시 일반병원으로 옮길 수만 있기를 바랐는데 호스피스 병원이라니. 호스피스 병원은 환자들이 마지막으로 머무는 곳이었다. 마지막 정리를 할 수 있도록 하는 곳.

선호도 건강이 좋지 않았다. 심장병이 있어 조금만 걸어도 숨이 차고 어지러웠다. 그러나 선호는 하루도 쉬지 않고 아내에게 갔다. 하루가 다르게 변해가는 아내의 얼굴을 보는 것은 괴로웠다. 하지만 단 하루라도 그렇게 아내의 얼굴을 보고, 아내의 손을 잡아보고 돌아오지 않으면 살 수 없었다.

아직도 아내가 떠나던 날이 생생하다. 그날은 선호의 몸이 유독 좋지 않았다. 식은땀이 나고 어지러웠다. 병원에서는 당장 입원을 해야 한다고 했다. 하지만 선호는 아내가 걱정이 돼 입원할 수 없었다. 의사는 그러다 쓰러질 수도 있다고 만류했지만 선호는 아픈 몸을 끌고 호스피스 병원으로 갔다. 아내 상태는 심각했다. 의사와 간호사가 바쁘게 병실을 오갔다. 의사가 선호에게 마음의 준비를 하라고 했다.

어느 순간 아내 숨이 가빠졌다. 선호는 아내 두 손을 꼭 잡고 소리쳤다.

"왜 이래요! 눈 좀 떠봐요! 제발 눈 좀 떠봐요!"

울며 소리쳤지만 아내는 눈을 뜨지 못했다. 결국 아내는 말 한마디 남기지 못하고 세상을 떠났다. 선호는 아내를 붙잡고 한없이 울고 또 울었다.

그동안 고마웠다고, 아름다운 추억을 만들어줘서 감사하다고, 편안히 잠드시라고 그때 왜 말을 못했을까. 두고두고 후회가 됐다.

## 자서전을 쓰기 시작하다

한때 종업원이 수천 명이었던 회사를 운영하던 경영인이자 다섯 아이의 아버지, 한 여자의 든든한 남편이었던 선호. 어떤 비바람에도 흔들리지 않는 우람한 나무 같았던 그의 몸은 이제 여린 바람에도 흔들릴 것 같은 작고 왜소

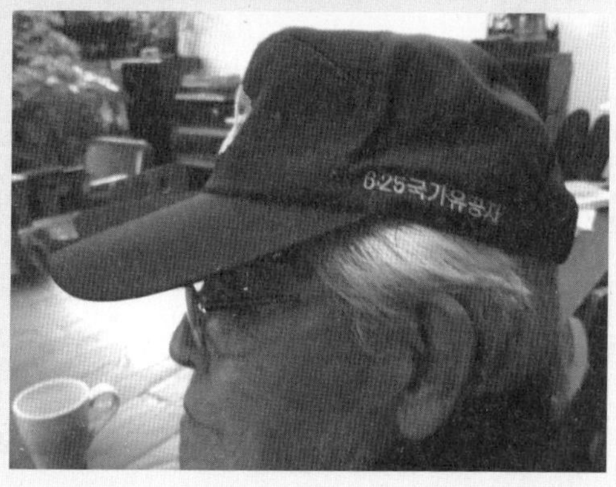


6.25 전쟁 때 학도병으로 나갔던 그는 '6,25국가유공자'라고 찍힌 모자를 꼭 쓰고 다닌다. 그 무섭고 힘든 전쟁에서도 살아남았는데, 아내 없이 혼자 지내는 지금, 그는 너무나 외롭고 쓸쓸하다. 아내를 추모하고 자신의 삶을 돌아보기 위해 그는 그동안의 삶을 노트에 정리했다.

한 노인의 몸이 됐다. 그 작은 몸에는 우리나라의 모든 역사가 담겨 있다. 학도병으로 전쟁에 나가 죽을 고비를 넘겼고 그래서 국가 유공자가 되었다. 전쟁으로 잿더미가 된 서울에 올라와서는 전후 재건에 앞장섰다. 1970~80년대 불붙던 산업화의 중심에서 우리나라 경제성장의 일익을 담당했다.

후회 없는 한 평생을 살아왔다고 자부하는 그는 지금 상실의 아픔을 겪느라 고통스럽다. 사랑하는 누군가를 잃은 고통은 누구에게나 다 크지만 그중에서도 배우자를 잃은 상실감은 그 충격이 가장 크다고 한다.

누군가는 이제 그만 잊을 때도 되지 않았느냐고 말한다. 인생의 긴 여정 끝에는 죽음이 있고, 어떤 의미에서 죽음은 삶의 완성이니 아내의 죽음을 인정하라고도 한다. 그러나 그에게는 그런 말이 들어오지 않는다. 그저 아내가 그리울 뿐이다. 눈물이 나도록, 지금도 아내가 그립다.

86년을 살아오면서 지금처럼 이렇게 외롭게 살아본 적이 없었다. 너무나 외로워서 살고 싶은 생각이 조금도 없다. 마음속에는 슬픔이 차곡차곡 쌓여만 가는데 누구하나 이야기를 들어주는 사람이 없다. 하루에 3시간씩 와서 점심을 차려주고 청소를 해주는 요양사가 그의 유일한 말벗이다. 이것저것 챙겨주는 것이 참 고맙다.

그는 요즘 자주 죽음을 생각한다. 일생을 잘 살았으니 이제는 잘 죽는 일만 남았다. 잘 죽는 건 잘 사는 것 못지않게 중요하다. 앞으로 남은 시간을 아내 생각에 울며 지낼 수는 없었다. 그건 아내도 원하지 않을 것이다.

그는 아내를 위해 할 수 있는 일이 무엇일까 생각했다. 아내를 제대로 애도하고 추모하는 일이 뭘까. 돌이켜 보면 아내와 함께 산 62년이라는 긴 세월 동안 아내와의 추억이 정말 많았다.

비상한 기억력을 갖고 있는 그는 지금도 중요한 날은 잊지 않고 기억하고 있다. 기뻤던 일, 슬펐던 일, 힘들고 고달팠던 일, 행복했던 일. 그 순간순간의 감정까지 세세하게 기억하고 있는데…….

그는 아내를 추모하면서 자신의 삶을 글로 정리하고자

마음먹었다. 어찌 그 긴 세월을 글로 쓸 수 있을까만, 잊을 수 없는 질곡의 순간들만은 정리해서 남겨두어야 나중에 후회가 남지 않을 것 같았다. 자서전이라고 해도 좋고 그저 그냥 잡문이라고 해도 좋을 것이다. 여생을 아내를 그리며 외롭고 쓸쓸하게 보내는 것보다 아내를 추모하고 자신의 삶을 정리하는 의미에서도 글을 쓰는 것이 바람직하지 않겠느냐, 하고 생각했다.

선호는 잘 보이지 않는 침침한 눈으로 글을 쓰기 시작했다. 다행히 기억력은 녹슬지 않아서 매순간의 기억들이 떠올랐다. 지난 세월을 돌이켜 보니, 모든 순간들이 다 좋았다. 글을 쓰며 선호는 오랜만에 행복한 시간을 보냈다.

오늘도 선호는 슬퍼하는 대신 종이 위에 펜으로 한 자 한 자 정성껏 눌러 쓴다.

아내는 시골에 와서도 서울을 자주 왔다 갔다 했다. 동창생 모임 노래교실도 다니고 딸들 집에 가면서 즐겁게 시간을 보내고 있었다. 60대가 되어 운전교습을 받아 자동차 면허증을 획득하여 운전도 하고 다녔다. 또한 골프도 배워 골프장에도 부부동반으로 운동을 하였다. 이삼십 대 고생한 것을 보답이라도 하는 듯 육칠십 대에 와서 행복하고 즐거운 시간을 보내고 있었다.

아들딸들도 그런대로 잘 살고 있고 친손자와 친손녀, 외손자와 외손녀 합하여 열세 명. 모두 건강하고 공부도 잘하고 있어 아무 것도 부러울 게 없다. ……

# 오근자근 그냥 산다

오세승 1936년생

“그가 지금까지 쓴 글은 20여 년 동안 200여 편이 넘는다. 그의 마지막 소원은 그동은 쓴 글을 엮어 책으로 내는 것이다. 죽고 나면 그만이겠지만 자신의 정신은 영원히 살아 있는 게 아닌가 생각하기 때문이다.”

소년은 늘 배가 고팠다. 다른 건 다 참을 수 있어도 배고픔만은 참을 수가 없었다. 잠이 모자라 졸린 것도, 몸이 고달픈 것도, 외로움 따위도 배고픔에 비하면 아무것도 아니었다. 배고픔은 상상으로도, 눈요기로도 채워지지 않았다. 눈물 나도록 아픈 현실이었다.

천지사방에 녹음이 우거진 봄이 되면 배고픔은 더 심해졌다. 소복이 달려 있는 아카시 꽃은 밥풀처럼 보였고, 탐스러운 이팝나무 꽃은 밥그릇에 가득 담긴 흰 쌀밥 같았다. 온갖 꽃봉오리들이 팡팡 터지는데, 그걸 보고 있는 소년은 세상이 자신을 배신하고 저들만 배부른 것 같아 더 서글펐다.

소년의 이름은 오세승. 그는 친구들이 뛰어놀 때도 혼자 조용히 책을 읽던 문학 소년이었다. 감정을 겉으로 드러내지 못할 만큼 내성적이고 소심한 성격이었다. 그러니 배가 고파도 배고프다는 말을 하지 못했다.

어렸을 때부터 밥을 배불리 먹고 자란 기억이 거의 없었다. 집안은 세승이 태어났을 때부터 가난했다. 가세가 기울어진 건 증조부 때부터였다.

## 책만 보던 양반

오세승은 용인시 원삼면 학일리에서 3남 4녀 중 셋째 아들로 태어났다. 그의 집안은 조상 대대로 벼슬을 했던 뼈대 있는 가문이었다. 증조부는 서울에서 승지를 지냈고 한의

학에도 조예가 깊은 청렴한 선비였다. 일제 강점기에 접어들자 꼿꼿하고 청렴하기 이를 데 없던 증조부는 집에서 거느리던 종들을 모두 내보낸 뒤 스스로 벼슬을 내려놓고 고향으로 돌아왔다.

고향으로 내려온 증조부는 백암리에 약국을 차렸다. 약국을 하며 생활은 그런대로 꾸려갈 수 있었다. 그러나 맏손자가 당신이 지은 약을 먹고 죽자 실의에 빠져 약국을 접고 두문불출했다. 그때부터 살림살이가 기울어지기 시작했다.

집안에 남자들이 많았지만 일을 할 줄 아는 남자들은 없었다. 해주 정씨인 할머니는 양반집에서 귀하게 자란 딸이었다. 남자들이 손을 놓고 있자 삯바느질을 하거나 남의 집 잔치 음식을 해주고 먹을 것을 벌었다. 할머니에게는 벽진 이씨인 며느리가 유일한 벗이자 동료였다.

집에서 책만 보던 증조부는 할머니와 틈틈이 글을 써서 문집을 만들기도 했다. 시아버지가 글을 쓰면 며느리가 그 글에 화답하는 식이었다. 여든이 훌쩍 넘은 세승이 지금도 보물처럼 소중하게 간직하고 있는 가보가 바로 증조부와 조모가 함께 쓴 ≪규합농담≫이라는 책이다.

증조부에서부터 조부, 부친에 이르기까지 아래로 내려갈수록 남자들의 무능은 더 심해졌다. 배운 거라고는 글밖에 없는 양반에게 일제 강점기는 아무 것도 할 수 없는 무능의 시대였다. 올곧게만 살았던 증조부 덕분(?)에 모아놓은 재산도 없었고, 딱히 할 수 있는 기술도 없었으니 남자들은 그저 낮이나 밤이나 책이나 들여다보는 한량으로 살 수밖에 없었다.

반면 안방에서 내조에 힘쓰던 여자들이 생활 전선에 뛰어들었다. 여자들은 체면이니 체통이니 하는 것들을 집어던졌다. 당장 눈앞에 먹을 게 없어 자식들이 굶고 있는데 그깟 눈에 보이지도 않는 체면이나 체통이 무엇이란 말인가.

할머니와 어머니는 돈이나 식량이 될 만한 일은 무엇이든 했다. 고부의 야무진 솜씨는 소문이 나서 일감이 끊이지 않았다. 그러나 할머니가 돌아가시자 어머니 혼자 그 많은

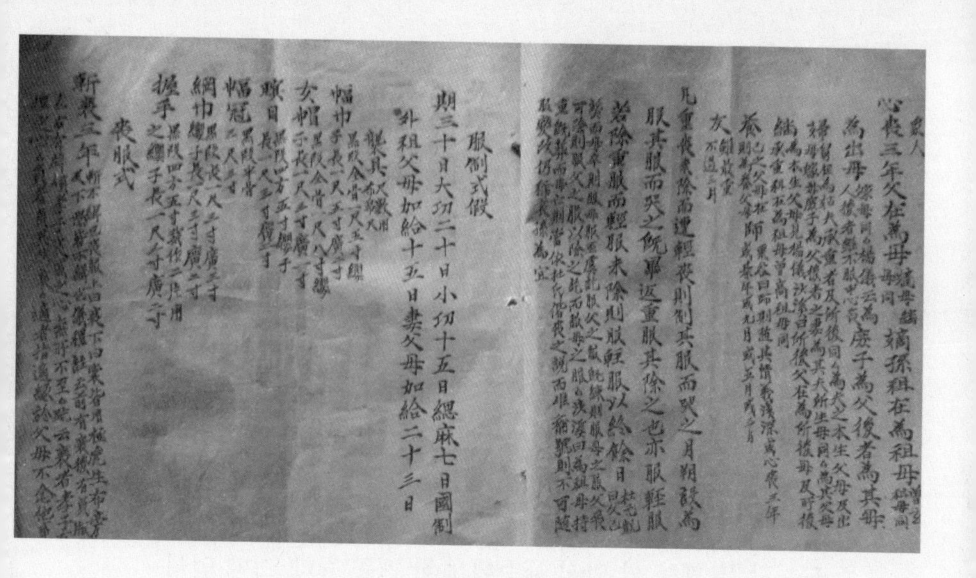

오세승의 가장 큰 보물은 증조부와 할머니가 쓴《규합농담》, 명언을 모아 만든《명현집》, 자신의 글을 모은《두서 없는 한 구절》 등이다. 조상의 글에서 삶의 자세와 지혜를 배웠던 것처럼 후대도 자신의 글에서 그렇게 배웠으면 하는 마음이 크다.

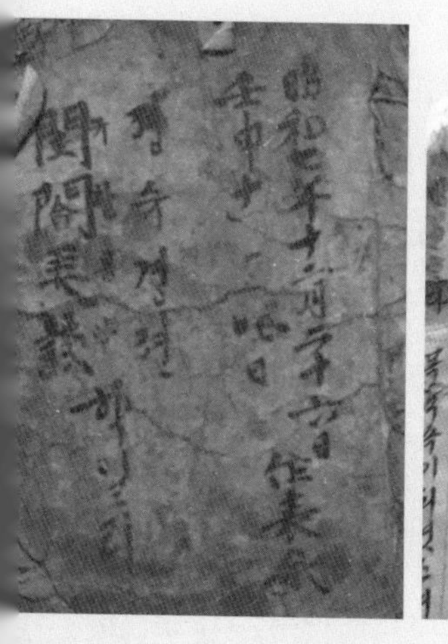

식구들을 먹여 살리는 데는 한계가 있었다. 알량하던 가세는 더욱 기울었다.

아무리 가난해도 부모는 아이들을 학교에 보냈다. 형들과 마찬가지로 세승도 초등학교에 입학했다.

학교에 다니면서도 배고픔은 여전했다. 세승은 점심시간 때 도시락을 싸간 적이 없었다. 마음씨 착한 친구가 늘 도시락 두 개를 싸 와서 세승에게 한 개를 줬다. 그때 얻어먹던 도시락은 꿀맛이었다. 정말 고마운 일이다.

학교에 다니던 때가 그의 일생에서 가장 행복한 시절이었다. 비록 배는 곯았지만 그때는 친구들과 마음껏 뛰어다니며 놀았다. 여름에는 냇가에 가서 물고기를 잡고, 겨울에는 썰매를 탔다. 모닥불을 피워 감자와 콩을 구워 먹기도 했다. 아무 것도 모르고 그저 즐겁기만 하던 그 시절이 지금도 그립다.

큰형과는 나이 차이가 많이 났다. 세승이 초등학교에 다닐 동안 큰형이 학교를 졸업하고 원삼면 면서기로 취직했고, 나중에는 우체부로 일하며 돈이 되는 일은 무엇이든 했다. 큰형은 다 쓰러져가는 집안에 횃불 같은 존재였다.

해방이 된 이듬해 형은 자원입대했다. 우리나라에 처음 정식 군대가 생겼는데 형이 제 2기생으로 입대한 것이다. 그렇게 몇 년이 지나고 6.25전쟁이 터졌다. 형도 전쟁에 나갔다.

그 당시 원삼면에서 20여 명의 젊은이가 참전했다. 마을은 뒤숭숭했다. 자식을 전쟁터에 보낸 부모들은 혹여라도 자식이 잘못됐다는 소식이 전해올까 노심초사했다. 전쟁이 계속되면서 전사자 소식이 들려왔다. 어머니는 전쟁터에 간 큰아들 걱정에 잠을 제대로 이루지 못했다.

전쟁은 너무나 많은 것들을 빼앗아 가버렸고 사람들의 운명을 뒤죽박죽으로 만들어 버렸다. 참으로 끔찍했던 시절이었다.

집안의 기둥이던 큰형이 전사했다는 통지서를 받았다.

"그날 일이 지금도 똑똑히 기억나요. 어머니가 형 전사 통지서를 받던 날……."

소식을 들은 어머니는 그 자리에서 혼절했다. 원삼면에

서 군대에 간 20여 명의 청년들 중 단 한 명만 살아 돌아왔다. 나머지는 모두 전사했다. 형도 그중 한 명이었다. 심지어는 대부분 시신도 못 찾았다. 형이 죽고 나서 어머니는 풍을 맞고 몸져누웠다.

전쟁이 끝나고 세승은 다시 학교로 돌아갔다. 전쟁이 나기 전 5학년이었는데 6학년으로 복학했다. 학교에서는 5학년 때 밀린 수업료를 다 내야 6학년으로 복학이 된다고 했다. 월 250환씩 7개월이 밀렸으니 1천750환을 가져오라고 했다. 당장 먹을 식량도 없는데 그 큰돈이 있을 리가 없었다. 세승은 더 이상 학교에 다닐 수가 없었다.

엎친 데 덮친 격으로 작은형에게 입대 영장이 나왔다. 전사한 형 때문에 집안에 슬픔이 가득한데, 작은형마저 영장이 나오자 병무청에 진정서를 냈다. 집 사정을 구구절절 전하며 연기 신청을 했지만 소용없었다. 출두 명령이 나와 하는 수 없이 군대에 갔다.

작은형마저 입대해 버리자 졸지에 세승이 집안의 가장이 됐다. 집안 식구들의 생존이 이제 자신에게 달려 있었다. 풍을 맞고 누워 있는 어머니와 밥은 굶어도 책만 읽는 아버지, 어린 여동생들의 생계를 그가 책임져야 했다.

세승은 어떻게 살아야 할지 고민했다. 아무리 책을 들여다봐도 책 속에서 쌀이 나오지 않았다. 양반으로 사는 게 명예일지 몰라도, 굶으면 양반이고 상놈이고 다 필요 없었다. 할아버지나 아버지나 세습의 굴레를 벗어나지 못했지만 세승은 그 세습의 굳은 틀을 깨기로 마음먹었다. 체면보다 더 중요한 건 생존이었다. 세승은 농부가 되기로 결심했다. 그때 그의 나이 겨우 열여섯 살이었다.

## 길에서 주운 신문지 한 조각

당시 학일리 일대는 지주 두 사람이 땅을 거의 다 갖고 있을 정도로 부의 편중이 심했다. 세승은 지주를 찾아가 논 아홉 마지기를 빌렸다. 지금으로 치면 1천800평쯤 되는 땅이었다.

지주는 한번도 농사를 지어본 적이 없는 어린 세승이 농사를 지을 수 있을까 의심의 눈초리로 바라봤다. 세승은 가을에 반드시 소작료를 갚겠다고 약속하고 땅을 빌렸다.

처음 해보는 농사일은 실수투성이였다. 소코뚜레도 못 뚫어 동네 어르신들을 찾아다니며 부탁했다. 일은 해도 해도 끝이 없었다. 입에서 단내가 날 정도로 고됐다. 지금처럼 모든 농사를 기계로 짓는 게 아니라 모두 다 손으로 할 때였다. 모내기를 할 때도 벼를 한 포기 한포기 손으로 심었다. 진흙 속에 들어가 거머리에 살점을 뜯겨가며 일했다.

세승은 잘 먹지 못해 허옇게 버짐이 핀 얼굴과 깡마른 몸으로 매일 새벽같이 일어나 논으로 갔다.

"그땐 누굴 원망할 줄도 몰랐어요. 그저 당연히 내가 해야 할 일이라고 생각했으니까."

천성이 착한 이 조용한 소년은 자신의 어깨에 지워진 짐이 얼마나 무거운 줄도 모르고 그저 묵묵히 일을 했다.

하루 종일 밖에서 일하고 집으로 돌아올 때쯤이면 책보자기를 둘러매고 학교에서 돌아오는 아이들과 종종 마주

쳤다. 그 자리에 우두커니 서서 아이들이 사라질 때까지 하염없이 바라봤다. 학교에 다니는 아이들이 너무나 부러웠다. 점심을 굶어도, 월사금을 못 내도 학교 다닐 때가 그리웠다.

그러던 어느 날, 세승은 논에서 돌아오는 길에 신문지 조각을 주웠다. 기사의 한 부분이었지만 집으로 돌아오는 내내 신문지 조각을 들여다보고 또 들여다봤다. 신문기사는 한자가 반이나 됐다. 한자는 배운 적이 없어서 내용을 제대로 이해할 수가 없었다.

집으로 돌아온 그는 옥편을 꺼내 모르는 한자를 찾아가며 기사를 읽었다. 한자 뜻을 이해하자 기사의 전체 맥락을 이해할 수 있게 됐다. 어두웠던 세상이 갑자기 환하게 밝아지는 것 같았다. 비록 학교는 다니지 못하지만 공부의 즐거움은 컸다. 세승은 혼자서라도 공부를 계속하기로 결심했다. 그렇게 주경야독 생활이 시작되었다.

낮에는 밭을 갈고 밤에는 공부를 했다. 모르는 한자는 일일이 옥편을 찾아보고 아버지에게 물어봤다. 노동으로 고단해진 몸이었지만 석유 등불 아래서 공부를 하고 있으면 힘든 것도 잊을 수 있었다.

## 군대에서 배는 곯지 않았다

농사를 짓기 시작한 지 5년이 지났을 때 세승에게도 입대영장이 나왔다. 군에서 제대한 작은형에게 집안 생계를 맡기고 입대했다. 그 당시 군대는 32개월을 복무해야 했다. 그는 강원도 인제에서 군생활을 시작했는데 그 당시에는 부대 밖에 집을 얻어 출퇴근했다. 세승은 부대 밑에서 하숙을 하며 군대로 출퇴근을 했다.

남들은 군대가 힘들다고 하지만 세승에게는 오히려 집보다 더 편했다. 삼각 측지 작업을 하는 보직을 맡았는데 농사일에 비해 훨씬 편했다. 훈련은 고됐지만 무엇보다 삼시 세끼 밥을 배불리 먹을 수 있어 좋았다. 당분간 가장의 무게를 벗어던지고 생계 걱정을 하지 않는 것도 좋았다.

강원도 인제에 세승이 존경하는 한의사가 계셨다. 그분의 첫째 딸과 같은 집에서 하숙을 하는 인연으로 친하게 지냈다. 그분은 세승을 무척이나 마음에 들어 해 말끝마다 사위 삼고 싶다고 했다.

그분에게는 서울 이화여고에 다니는 작은딸이 있었는데 작은딸과 결혼하면 약국을 물려주겠다고 했다. 세승은 그분의 제의를 정중히 거절했다. 자신은 집도 가난하고 배운 것도 없는데 차이가 너무 많이 나서 할 수 없다고 했다. 그분은 학벌이나 집안보다 사람 됨됨이가 우선이라며 미련을 버리지 못했다.

"그래도 못 하겠더라고. 약국이 아니라 그보다 더한 것을 물려준다고 해도 그건 도리가 아니지."

그때 거절한 건 아마도 천생연분인 지금의 아내를 만나려고 그랬던 것이 아닐까.

전역하고 집에 돌아오니 병색이 깊었던 어머니는 이미 돌아가시고 누님과 여동생들도 결혼을 해서 집에는 아버지와 형님만 살고 있었다. 살림살이가 나아진 것은 없었다.

다행히 토지개혁이 일어나 정부에서 토지를 분할해줬다. 세승은 1천350평을 분할받았다. 이제는 지주 대신 나라에 도지를 내고 토지 대금을 다 지불하면 비로소 진짜 내 땅이 되는 것이다. 세승은 열심히 일해서 도지를 일시불로 다 갚았다.(지금까지 살면서 이런저런 이유로 땅을 팔았지만 그 중 일부는 아직도 농사를 짓고 있다.)

그러던 어느 날, 같은 마을에 사는 김도성이라는 사람이 아버지를 찾아와 집 가까운 백암면에 참한 신붓감이 있다고 전했다. 신붓감은 스물두 살의 꽃 같은 나이에 집에서 얌전히 신부수업을 받고 있는 처녀라고 했다. 그때 세승은 스물여섯 살 노총각이었다.

## 눈치 없는 신랑

혼담이 오간 뒤 신부 어머니가 학일리 세승의 집에 찾아왔다. 신부 어머니는 세승에게 사진을 한 장 달라고 했다. 신부 어머니는 그 사진을 갖고 가서 딸에게 보여줬다. 집은 가난하지만 신랑감이 성격이 온순하고 성실해 보이더라, 양반 집안이라 그런지 사람들이 기품 있어 보이더라는 말과 함께 세승이 동네 노인들을 모아 글을 가르치는 건실한 청년이라고 말했다.

그 당시 세승은 노인들을 상대로 야학을 했다. 세승은 글자라고는 낫 놓고 기역자도 모르는 노인들이 책을 읽을 줄 알게 되는 것을 보며 큰 보람을 느끼던 참이었다.

신붓감인 운숙은 어머니가 갖고 온 사진 속 남자 인상이 너무 차가워서 마음에 들지 않았다. 집이 가난한 것도, 시골에 살고 있는 것도 싫었다. 운숙은 서울 남자와 결혼해 서울에 가서 살고 싶었다.

꽃 피는 어느 봄날 세승이 운숙을 보러 백암면으로 왔다. 세승은 사진보다 인상이 좋아 보였지만 여전히 운숙 마음에 들지 않았다.

세승이 운숙 어머니에게 넙죽 절을 했다. 세승이 돌아간 뒤 운숙은 울면서 어머니에게 세승과 결혼하지 않겠다고 말했다.

어머니는 난감했다.

"어떻게 남의 아들한테 절을 받았는데 시집을 안 보내니?"

운숙은 손을 잡은 것도 아니고 단지 어머니가 총각한테 절을 받았을 뿐인데 시집을 가야 한다는 게 억울했다. 하지만 어른들의 뜻을 거역할 수는 없었다. 그래도 첫날밤에 신랑 얼굴을 처음 보는 것보다는 낫다는 생각으로 위안을 삼았다.

세승은 여름에 또 신부를 보러 갔다. 본격적인 데이트를 하기 위해서였다. 데이트라고 해봐야 고작 뒷산에 올라가거나 주변 유원지를 산책하는 게 전부였다. 좀 더 세련된 사람들은 차를 타고 도시에 나가 영화 구경을 했다.

그런데 두 사람은 첫 데이트를 근처 초등학교 운동장에서 했다. 그날 마침 초등학교에서 운동회가 열렸는데 거기서 첫 데이트를 한 것이다.

운숙은 그런 세승이 못마땅했다. 영화 구경은커녕 초등

학교 운동장에서 애들 노는 것을 보는 첫 데이트라니.

운동회 구경을 하고 난 뒤 운숙은 내심 근사한 경양식집에 가서 점심식사를 하길 기대했다. 그러나 이번에도 세승은 여지없이 운숙의 기대를 저버렸다. 운숙을 데리고 간 곳이 동네 중국집이었다. 세승은 눈치 없이 짜장면을 잘 먹었다. 그러나 운숙은 부끄럽기도 하고 화도 나서 짜장면을 제대로 먹지 못했다. 그나마 조금 먹은 짜장면이 체해 집에 가서 고생했다.

세승은 멋과 낭만이라고는 눈을 씻고 찾아봐도 없는 남자였다. 다른 친구들은 연애를 하면서 양산이나 화장품을 선물로 받곤 하던 시절. 혹시나 뭘 들고 올까 했지만 세승은 만날 때마다 빈손이었다. 물론 양산과 화장품이 없어서 바랐던 건 아니었다. 마음이 담긴 선물을 받고 싶었는데 그런 운숙의 마음을 헤아리지 못할 만큼 세승은 무심했다.

결혼식을 올리기 전에 세승은 운숙네 집으로 세 번 찾아왔다. 봄에 한 번, 7월에 한 번, 추석에 한 번. 운숙도 더는 시집을 안 가겠다고 버티지 못했다. 겨울이 오기 전 두 사람은 결혼식을 올렸다.

## 쌀 빛 한 가마니가
## 오십 가마니로 불어나

두 사람은 세승 집에 신접살림을 차렸다. 다 쓰러져가는 작은 집에서 운숙은 시아버지, 형님 내외와 함께 살았다. 그렇게 3년을 살고 큰딸이 세 살, 둘째를 임신했을 때 운숙은 시아버지에게 분가를 시켜달라고 요구했다.

경제 능력이 전혀 없었던 시아버지는 살림을 내줄 형편이 못 됐다. 시아버지는 정 그렇다면 돈이 없으니 남의 집 곁방에 나가 살라고 했다. 곁방살이를 하면 방 하나를 공짜로 얻는 대신 그 집 일을 해줘야 했다. 운숙은 남의 집 곁방살이는 싫다고 당당하게 말했다. 마침 건너편에 빈 집이 있었다. 그 집은 불에 타다 만 집으로 폐가 같은 곳이었다. 세승 부부는 그 집에서 살기로 결정했다. 분가를 할 때

집에서 갖고 나온 것은 쌀 한 가마니. 두 사람에게는 그 쌀 한 가마니가 전 재산이었다.

쌀 한 가마니로 아이들과 함께 이듬해 추수 때까지 먹고 살아야 했다. 더구나 운숙으로서는 아무 연고도 없는 시숙부까지 모시고 살아서 그야말로 허리띠를 졸라매야 했다.

세승은 아침을 먹고 산에 가서 나무를 해 내다 팔았다. 낮에는 두 부부가 야산을 호미로 일일이 일궈 밭을 만들었다. 시골로 시집오기 싫어했던 아내는 새벽부터 저녁까지 일을 했다. 밝고 명랑했던 아내는 점점 말수가 줄어들었다. 그러다 신경병이 생기고 말았다.

아내는 몸이 자주 아팠다. 아이들도 아팠다. 병원비를 대느라 생활은 늘 쪼들렸다. 세승은 하는 수 없이 쌀 빚을 냈다. 쌀 한 가마니를 빌리면 이자가 닷 말이었다. 이자가 너무 높았지만 달리 방법이 없고, 병원비도 대느라 급한 마음에 빚을 낼 수밖에 없었다.

그러나 원금을 도저히 갚을 길이 없었다. 이자만 계속 늘어났다. 몇 년 지나지 않아 한 가마니였던 쌀 빚이 이자까지 합쳐 오십 가마니가 됐다.

지금으로 치면 원금보다 이자가 몇 배나 비싼 사채 빚이었다. 멋모르고 빌려 쓴 쌀 빚이 발목을 잡을 줄 꿈에도 생각지 못했다. 부부가 세상 물정 모르고 너무 순진한 탓이었다.

농사만 지어서는 도저히 빚을 갚을 길이 없었다. 세승은 살 방도를 찾기 위해 여기저기 뛰어다녔다. 어느 날, 정부에서 양귀비 원료를 생산하는 농가를 모집한다는 소식을 접했다. 양귀비를 재배하면 큰돈을 벌 수 있다고도 했다. 세승은 당장 양귀비를 재배하겠다고 신청했다. 그런데 보증금으로 5천만 원을 걸어야 했다. 5천만 원은커녕 오십 가마나 되는 빚을 안고 있는 처지라 양귀비 재배는 할 수 없었다.

당시 군청에서 누에를 치는 양잠을 장려했다. 양잠을 하면 돈을 벌 수 있을 것 같아 이번에도 신청서를 넣었다. 그런데 또 문제가 생겼다. 양잠을 하려면 잠실을 지어야 하는데 잠실 짓는 데도 돈이 들었다. 이번에도 포기했다. 뭔가를 하려 해도 돈이 들어갔다.

세승은 돈을 벌 수 있는 길을 이리저리 알아보았다. 마침 전매청에서 연초 경작자를 모집한다는 공고가 났다. 이번에는 보증금도 없었고 시설을 짓지 않아도 됐다. 밭만 있으면 할 수 있는 일이었다. 세승은 이번에도 신청했다. 드디어 전매청에서 연초 재배 허가가 떨어졌다.

부부는 정성껏 연초를 재배했다. 수확할 때가 되자 연초 품질이 좋아 큰돈을 벌었다. 한 해 지은 연초 농사로 쌀 사십 가마를 갚을 수 있었다.

아내 얼굴에 비로소 웃음이 번졌다. 세승은 도저히 벗어날 수 없을 것 같았던 빚의 굴레에서 벗어났으니, 하늘을 나는 기분이었다. 그 다음해에도 연초 농사를 지어 마지막 남은 빚마저 다 갚았다.

부부는 이제 다시는 빚을 지지 말자고 다짐했다. 그런데 생각지도 못한 일이 또 터졌다. 보증 사기를 당해 1억 원이나 되는 큰돈을 빚으로 떠안게 된 것이다.

부부는 망연자실했다. 억울했지만 어디에 하소연할 데도 없었다. 실의에 빠져 있는 아내를 세승은 몸만 건강하면

다 갚을 수 있다고 위로했다.

## 몸은 늙었지만 학문의 열정은 뜨거운

부부는 더 열심히 일했다. 이자는 예전 쌀 한 가마니 때와는 달랐다. 소를 먹여 팔아 밭을 사고, 밭에 농사를 지어 농작물을 팔았다. 누구를 원망할 겨를도 없이 일만 했다. 그렇게 30여 년의 세월이 흘렀다. 빚을 다 갚고 났을 때 부부는 백발의 노인이 되어 있었다.

처음 분가를 나왔던 폐가 같은 집에서 30년을 살았다. 작은애가 그 집에서 태어났고 아이들 모두 그 집에서 자라 결혼했다.

부부는 지금도 지난 세월을 이야기할 때는 한숨부터 내쉰다.

"행복? 그런 거 모르고 살았어요. 평생 죽도록 일한 기억밖에 없네요."

세월이 깨진 항아리 틈 사이로 줄줄 새어 나간 것처럼 어느 새 흘러가 버렸다.

빚을 다 갚고 돈을 모아 집 근처에 땅을 사서 새 집을 지었다. 새 집에서 살며 부부는 신혼 때보다 더 애틋해졌다. 수십 년 고통을 함께 나눈 동료이자 동반자 관계라고나 할까.

세승은 여유가 생기자 다시 학문을 향한 열정이 되살아났다. 밤마다 옥편을 들춰가며 한문공부를 하던 때, 글 모르는 노인들을 불러 모아 한글을 가르치던 때, 농사도 배워야 할 수 있어 새로운 농작 기술을 열심히 습득하던 때가 떠올랐다. 몸은 비록 늙었지만 마음만은 학문에 대한 열정으로 뜨겁게 타올랐다. 마침내 마음속에만 묻어뒀던 열정이 싹을 트는 계기가 찾아왔다.

천지에 봄꽃이 흐드러지게 핀 어느 봄날. 밭일을 하고 집으로 돌아오는 길이었다. 집을 지을 때 집 앞에 벚나무 한 그루를 심었는데 벚꽃이 활짝 피었다. 벚꽃나무 아래 마을 사람 몇 명이 앉아서 쉬고 있었다.

세승은 우두커니 서서 그 풍경을 바라보았다. 한껏 흐드러지게 핀 아름다운 벚꽃과 그 아래에서 한가롭게 앉아 있는 사람들이 만들어낸 장면은 환상 속의 한 장면 같았다. 세승은 뭐라 말로 표현할 수 없는 벅찬 감동을 느꼈다.

세승은 집으로 들어와 종이에 그때의 감상을 적어내려가기 시작했다. 가슴에 묻어뒀던 감성이 되살아났다. 막연하게 갖고 있던 생각들이 한 글자 한 글자 눈에 보이는 글자로 표현되는 과정이 기적 같았다.

다음은 세승이 처음으로 쓴 글이다.

나무와 눈

나는 너를 바라보며 세월이 흘러감을 새삼 느껴보네요. 씨앗 심어 싹이 튼 지 어언간 수 년이 흘러 여름에 시원한 그늘에 쉼터로 무성하든 너에 모습이 간데없고 쓸쓸한 나무 가지에 흰눈만 소복소복 쌓여 있네. 그를 좋아 쉬여가든 나그네들도 흰눈송이 소복한 나무 밑에는 쉬는 이 없고 보는 이 없네. 나마저 못본 체 할 수가 없어 사진 한 장 찍어두고 싶었지만은 사진기가 없음으로 찍지 못하고 서운한 이 마음에 펜을 잡고서 이 글을 적었으니 노여워말고 춘삼월 봄이 오면 다시 잎피워 오가는 길손들의 쉼터 되면서 길손들 이야기 간직하였다 낙엽지고 쓸쓸하게 서 있을 적에 그 이야기 나와 같이 나누워보세.

(맞춤법은 원문 그대로 표기함.)

세승은 이 글을 시청에서 발간하는 월간지에 보냈다. 얼마 뒤 월간지 편집팀으로부터 글을 월간지에 실어주겠다는 연락이 왔다. 세승은 너무나 기뻤다. 월간지에 글이 실리고 생전 처음으로 원고료도 받았다. 세승은 계속 글을 써서 월간지에 싣고 싶었다. 원고료를 받지 않을 테니 계속 실어달라고 담당자에게 연락했을 정도였다.

글을 쓰는 재미를 알게 된 세승은 낮에는 논이나 밭에 나가 일하고 저녁에 들어와 글을 썼다. 살면서 느낀 인생에

깨진 항아리 틈 사이로 물이 줄줄 새어 나가듯 세월이 지났다.
더는 젊지 않은 세승과 운숙의 가버린 세월.
두 사람은 평생 서로 의지하며 오순도순 살아온 것처럼
지금도 그렇게 살고 있다.

대한 소회, 아름다운 자연 풍경, 어려운 농촌의 현실 등 평소 생각하고 있던 것들을 글로 표현했다.

글을 쓰기 시작하면서 평생 살아온 길을 되돌아봤다. 남을 속인 적도 없고 남에게 해로운 일을 한 적도 없었다. 가난하지만 자존심 하나만은 꿋꿋이 지켜온 조상님들처럼, 가난하지만 비굴하지 않게 살아왔다. 누구에게나 당당하게 자신이 살아온 이야기를 해줄 수 있었다. 글은 세상을 정직하게 살아온 자만이 쓸 수 있다는 것을 글을 쓰며 깨달았다.

그가 지금까지 쓴 글은 20여 년 동안 200여 편이 넘는다. 세승의 마지막 소원은 그동안 쓴 글을 엮어 책으로 내는 것이다. 책을 내고 싶은 이유를 그는 이렇게 말한다.

"난 죽고 나면 그만이겠지만 내 정신은 영원히 살아 있는 게 아닌가 하고 생각합니다."

그에게는 소중한 보물이 있다. 금은보화도 땅문서도 아닌 바로 낡은 몇 권의 고서다. 증조부와 할머니가 쓰신 ≪규합농담≫과 명언을 모아 만든 ≪명현집≫, 그리고 그가 몇 해 전 그동안 쓴 글을 모아 엮은 ≪두서없는 한 구절≫ 등이 그것이다. 그 외에도 그동안 쓴 원고들이 한 보따리나 된다.

조상들이 남긴 그 책을 읽으며 세승은 조상들의 정신을 가슴에 새겼다. 하늘을 우러러 한 점 부끄러움 없는 삶, 가난하지만 정직하게 사는 삶을 조상들의 글에서 배웠다. 그래서 자신이 남긴 글에 담긴 정신도 후세에 전해지길 바란다.

세승은 자신이 쓴 글 중에서 '사정시(네 가지가 멈추지 않는다)'라는 글을 가장 좋아한다.

사정시

流流水靜　흐르는 물이 멈추지 않고

日日行靜　가는 해가 멈추지 않고

歲行歲靜 가는 세월이 멈추지 않고

老老小靜　인생이 늙어감이 멈추지 않느니라

## 살 만하다 싶은데
## 가버린 세월

올해 그의 나이 여든네 살. 84년을 사용한 몸은 고장 난 기계처럼 아픈 곳 투성이다.

일 년 전 여름, 그는 갑작스럽게 쓰러졌다. 예초기로 풀을 깎는데 예초기에 시동이 걸리지 않았다. 하는 수 없이 작업을 다 끝내지 못하고 예초기를 오토바이에 싣고 집으로 돌아갔다. 집 앞에 도착해 오토바이에서 내려 오토바이를 끌고 가는데 그 자리에서 오토바이와 함께 쓰러졌다.

병원에 가서 검사해보니 췌장암이라고 했다. 다행히 발견하기 어려운 췌장암을 발견했고 초기라서 수술을 했다. 그러나 그해 가을 그는 또 한 번 쓰러져 3일 동안 혼수상태에 빠지기도 했다. 지금 그의 몸에는 10년 전 심장에 박은 스텐트가 다섯 개나 되고 콩팥이나 전립선도 안 좋아 몸이 자꾸 붓는다.

"삶이 너무 허무해요. 고생 좀 덜하다 죽으면 좋으련만."

그는 태어난 마을 학일리에서 지금까지 살고 있다. 군대에 갔던 3년을 제외하고는 한번도 학일리를 떠나서 살아본 적이 없다. 남들이 다 가는 그 흔한 해외여행 한번 가본 적이 없다. 평생을 빚 갚는 데 보냈고 이제 좀 살 만하다 싶으니 병을 얻었다.

그런 그를 위로해주는 건 그를 "이니."라고 부르는 사랑하는 아내와 글이다. 60년을 함께 살아온 늙은 아내는 남편을 바라볼 때마다 눈가가 촉촉해진다.

"오근자근 그냥 살아요."

온갖 풍파를 견딘 고목처럼 두 사람은 좋지도 않고 나쁘지도 않은 상태로 오근자근(오손도손) 살고 있다. 잘 먹고 잘 살지 못해 억울한 한 세상. 세승은 그런 세상에 살다 간 흔적이라도 남기기 위해 오늘도 한 움큼의 약을 입에 털어 넣고 펜을 잡는다.

이별이란 두 글자

이별이란 두 글자

세상을 등져본 자만이 고독함을 알고

사랑을 등져본 자만이 이별을 깨달을 것이요.

청춘을 헛되이 보낸 자만이 세상의 이치를 알 것이요.

젊어서 잊었던 학문이 늙어서 후회하고

내 정직히 살았다 해도 지나고 보니 잘못이 많고

이제와 잡으려 하니 세월은 가버렸네.

한 백 년 살 것만 같은 인생도 구십 넘기 어려우나

인생이여 어이 살았느냐가 중요함이 아니요

내 영혼을 어디다 두고 감이 마지막 과제가 아니든가요.

해가 뜰 때보다 질 무렵이 아름답고

온갖 만물이 싹틀 때보다 구시월 시들어감이 아름답고

인생이 어릴 때보다 죽음이 다가오는 노옹이 아름답고

정월의 백설 위 햇빛보다

구시월 국화꽃향기 머금고 지는 해가 아름답다

이 땅 위 만물들이 태어나고 싹이 트고

성장할 때보다 각자의 임무를 다하고 떠나감이 아름답다 하리오

시가 뭔가요?
빼꾸기 우는 소리인가,
솔방울 굴러가는 소리인가

홍사국 1944년생

“ 아침부터 밤까지 하루하루 생활인으로서 성실하게 살아오고, 그 틈틈이 매일 하루도 빠짐없이 시를 생각하는 그에게 뻐꾸기 우는 소리도 시, 솔방울 굴러가는 소리도 시다. ”

누군가 나에게 물었다 시가 뭐냐고

나는 시인이 못 됨으로 잘 모른다고 대답하였다.

김종삼 시 '누군가 나에게 물었다' 중에서.

용인시 처인구 원삼면에는 시인이 살고 있다. 그의 이름은 홍사국. 올해 나이 일흔여섯. 이제 은퇴해 손자 손주 재롱이나 볼 나이에 그는 아직도 활발하게 활동하는 현역시인이다. 사람들은 그에게 농민시인 혹은 향토시인이라는 타이틀을 붙여줬지만 그는 어떤 타이틀에도 얽매이고 싶지 않다.

45년 동안 시를 써왔지만 그는 아직도 시가 뭔지 모르겠다.

"시가 뭔가요? 삶의 소리인가, 뻐꾸기 우는 소리인가, 아니면 그저 솔방울 굴러가는 소리인가. 난 아직 모르겠네요."

그러면서도 그는 매일 뭔가를 쓴다. 삶의 소리인지 솔방울 굴러가는 소리인지 아직도 모르겠지만 아무튼 뭐라도 쓰고 또 쓴다.

시를 쓰지 않으면 밥을 굶은 것처럼 배가 고프다는 그. 낡은 트럭은 그가 가장 사랑하는 창작 공간이다. 그 트럭에 앉아 그는 하루도 빠짐없이 시를 쓴다.

시를 모르겠다고 했지만 그는 시집 ≪잔디의 노래≫를 냈으며 지금도 매일 시를 쓰고 있다.

사국은 경기도 안성에서 2남 2녀 중 둘째로 태어났다.

그는 다른 아이들과는 조금 다른 독특한 아이였다. 말수가 적고 혼자 있기를 좋아했다. 머리가 좋아 한번 외운 건 절대 까먹지 않았다. 지금도 그는 그가 쓴 대부분의 시를 토씨 하나 틀리지 않고 암송한다. 손재주도 좋아 뭐든 한 번 보기만 하면 뚝딱 만들었다. 열두 가지 재주를 가진 아이였다.

## 혼자 있기 좋아한
## 내성적인 문학소년

그는 어려서부터 문학에 관심이 많았다. 책 읽는 것을 좋아했고 글쓰기를 잘했다. 학창시절에는 시를 써서 상을 받기도 했다. 좋아한다고 해서 그 일을 직업을 가질 만한 시대가 아니었다. 더구나 시는 더더욱 그랬다. 지금도 마찬가지지만 그 당시 시인이라는 직업은 그야말로 '굶어 죽기' 딱 좋은 직업이었다.

그는 글쓰기를 좋아했던 문학소년이었지만 커서 시인이 되어야겠다는 생각은 하지 못했다. 학교를 졸업하고 아버지를 도와 농사를 지었다. 이때 바라본 자연과 인간에 대한 그의 따뜻한 시선이 나중에 시를 쓰는 데 큰 자양분이 됐다.

흙에서 태어나 흙 가지고

평생 놀다 흙으로 돌아가니

내 부모요 벗이로다.

시 '흙과 농부' 중에서

그는 그가 살고 있는 땅, 숨 쉬는 공기, 계절마다 바뀌는 주변 풍경, 가족, 주변 사람 들을 유심히 관찰했다. 시인이 가져야 할 덕목 중 하나를 어려서부터 갖고 있던 셈이었다.

할머니 이마에 냉이꽃이 활짝 피었다.

시 '할머니' 중에서.

마음속에 고이 자리잡고 있던 문학의 씨는 군대에 있을 때 비로소 싹이 텄다. 군복무 시기는 고향이나 부모님에 대한 그리움이 극에 달하는 시기이다. 고된 훈련을 마치고 돌아오면 그리운 것들이 눈앞에 떠오른다. 그때마다 그는 펜과 종이를 꺼내 닥치는 대로 썼다. 정제되지 않은 날것의 거친 글이었지만 그는 글을 쓰며 쾌감을 느꼈다. 글이 힘든 일상을 치유해주는 놀라운 경험이었다.

그는 야전 공병대에서 장비를 다루는 보직을 담당했다. 공병대를 다녀오면 웬만한 집수리는 혼자 다한다는 말이 있듯, 그는 이때 기계 다루는 기술을 익혔다. 시를 처음 쓴 것과 정비 기술을 배운 것, 군대가 그에게 준 운명 같은 선물이었다.

군대에서 제대한 뒤 그는 앞으로 어떻게 살아야 할 것인지 진지하게 고민했다. 그리고 평생 지켜야 할 좌우명을 정했다. 자기 자신에게 엄격하면서 타인에게 관대한 삶을 살고자 하는 의지가 담긴 좌우명이었다.

1. 하루에 한 시간씩 일을 더하거나 공부를 더한다는 마음으로 십 년을 예상하고 지켜라. 혹 친구나 부모와 놀거든 밤을

새워서라도 그 시간을 메꿔라.

2. 신은 끈을 매어 신어라. 간편하지 못하면 게을러져 인생역경을 못 넘는 낙오자가 되기 쉽다.

3. 상대방 입장에서 생각하라. 남을 돕는 것이 스스로 자기를 돕는 것이다.

4. 바른 길이 아니거든 가지를 마라. 혹시 얕은 꾀를 쓰면 그로 인해 자기 무게를 줄일 뿐이다.

5. 아이디어를 개발하라. 생각한 것만큼 생활을 돕는다.

6. 주위 환경에 너무 현혹되지 마라. 새로운 물결은 항상 쉬지 않고 밀려온다.

7. 참기 어려운 고난이 오거든 나를 키우기 위한 과정이라 생각하라. 그리 생각하면 힘과 용기가 생긴다.

8. 고정관념에서 해탈하라. 항아리를 쓰고 먼 길 가는 이와 같다.

9. 사치스러운 사람과 벗하지 마라. 진실과 만족을 모르는 사람이다.

10. 이 글을 보고 한 구절이라도 마음에 와서 닿거든 열흘 생

각하라.

1971년 7월. 내 인생의 좌우명으로 삼는다.

## 꾀꼬리 노래에다
## 세월 잊고 살으리라

사국은 결혼한 후 안성에서 살다 아내와 함께 서울로 올라갔다. 시골에서 살면 죽을 때까지 가난을 벗어나지 못할 것 같았다.

서울에서 어물전도 해봤지만 재미도 없었고 돈도 많이 벌지 못했다. 그 다음으로 연탄장사를 했다. 그 당시 연탄집게로는 연탄을 두 장밖에 집지 못했다. 그는 이런저런 궁리 끝에 연탄을 여덟 장 집을 수 있는 연탄집게를 발명했다. 자신이 발명한 연탄집게 덕분에 양손에 열여섯 장의 연탄을 옮길 수 있었다. 그러나 연탄장사는 돈은 많이 벌었지만 너무 힘이 들었다.

그는 군대 있을 때 배운 정비 기술을 활용해 자전거포를 냈다. 몽키 드라이버 하나만 있으면 못 고치는 자전거가 없었다. 자전거포에 손님들이 끊이지 않았다.

1973년 제1차 유류 파동이 시작됐다. 제4차 중동전쟁 발발 후 페르시아 만의 산유국들이 원유 가격을 인상했다. 2~3개월 만에 원유 가격이 무려 4배나 폭등했다. 전 세계가 타격을 받았고 이는 곧 세계 경제 위기로 이어졌다. 우리나라도 예외는 아니었다. 물가가 몇 배나 뛰었고 성장률은 후퇴했다. 자동차 판매가 줄어들면서 자전거 수요가 늘어났다.

사국의 자전거가 불티나게 팔렸다. 사국은 정신없이 바빴다. 바쁜 만큼 돈도 많이 벌었다. 그때 서울 도봉구 번동에 살았었는데 집을 두 채나 지었다.

거의 빈 몸으로 올라와 서울에 집을 두 채나 지었으니 크게 성공했다고들 했다. 그로부터 몇 년 뒤 서울에 부동산 광풍이 불었다. 자고 일어나면 부동산 가격이 눈덩이처럼 불어났다. 강남 개발이 본격적으로 시작돼 투기꾼들이 생겼다. 그는 이재에 밝지 못했다. 투기는커녕 고생하며 지은 집 두 채를 이문도 남기지 않고 본전만 받고 팔았다.

서울에서 이리저리 부대끼며 사는 동안 사국은 지칠 대로 지쳤다. 장사도 해봤고 뜻하지 않은 유류파동으로 돈도 벌었다. 하지만 돈에 쫓기며 사는 도시생활에 진력이 났다.

"서울이 싫었어요. 시골에 가서 사람들 농기구나 고쳐주면서 살아야겠다고 생각하고 용인으로 내려왔지요."

그때가 1976년, 고향을 떠난 지 6년만이었다.

그 시절 서울에는 일자리와 돈이 넘쳐났다. 시골 사람들이 서울로 몰려들었다. 그렇게 너도나도 서울로 올라가던 시기에 그는 오히려 시골로 내려가는 역주행을 감행했다. 감성적이고 낭만적인 그의 성격에 서울이라는 거대도시는 견디기 힘든 곳이었다.

처음부터 용인으로 내려올 생각은 아니었다. 그동안 모은 돈으로 천안에 내려가 살려고 땅을 샀다. 하지만 천안행은 여러 가지 사정으로 인해 무산되고 말았다. 천안 대신 선택한 곳이 지금 살고 있는 용인시 원삼면이었다.

"용인이 내 고향 안성에서도 가깝고 무엇보다 여긴 공기가 좋고 조용해서 좋았죠."

그때의 심정을 그는 이렇게 표현했다.

지난날을 돌아보면 한낮의 봄 꿈인데
꾀꼬리 노래에다 세월 얹고 살으리라
시 '도시 탈출' 중에서

## 경운기를 고치며 시를 쓰다

사국은 용인에 내려와 공업사를 차렸다. 동네 사람들은 서울에서 내려온 낯선 이방인을 의심의 눈초리로 경계했다. 그가 아무리 먼저 인사하고 다가가려고 해도 사람들은 마음의 문을 열지 않았다. 다들 서울로 가지 못해 안달인데 오히려 서울에서 내려왔다고 하니 더 이상하게 생각했다. 그는 마을 사람들이 진심을 몰라줘 답답했다. 훗날 그때의 심정을 시로 썼다.

> 잔디로 장판 깔고 등컬 베개 삼고 누워
> 은하수 맑은 물을 반달로 떠 마시며
> 극락 천당 다 다니며 좋은 경치 구경하니
> 내 분대로 사는 것을 미쳤다 하지 마라
>
> 시 '나는 자연인이다' 중에서

그는 마을 사람들에게 인심을 얻는 길은 실력으로 인정받는 것밖에 없다고 생각했다. 앉아서 손님을 기다리지 않고 손님을 찾아다녔다. 길 한가운데서 경운기가 고장 나면 달려가 고쳐줬다. 날밤을 새서라도 고쳐 다음 날 사용하는데 지장이 없게 했다. 경운기뿐 아니라 고장 난 물건은 무엇이든 고쳐줬는데 심지어는 밖에서 잠긴 자동차 문까지 열어줬다. 가난한 사람이 기계를 고치러 오면 돈을 받지 않

친환경농법으로 농사를 짓고, 아직도 가끔 경운기를 고치며 사는 홍사국. 그는 자연에는 너와 나의 경계가 없듯 생각에도 경계가 없어야 한다고 생각하는 자유인이다.

고 오히려 먹을 것을 들려 보냈다.

그는 시골로 내려오면서 마음속에 몇 가지 다짐을 새겼다.

다른 사람이 다가오기 전에 먼저 다가갈 것.

어려운 이웃이 있으면 발 벗고 먼저 도울 것

내 일에 자부심을 갖고 최선을 다할 것.

그 다짐을 하나씩 실천하니 이방인을 경계하던 마을 사람들도 점차 마음을 열었다. 그가 운영하는 공업사에 가면 못 고치는 물건이 없다는 소문도 퍼졌다.

그렇게 40여 년 이상을 한곳에 살며 마을 경운기를 고쳤다. 원삼면 경운기 중에서 그의 손을 안 거쳐 간 경운기가 없을 정도이고 경운기 소리만 들어도 그는 어디가 고장 났는지 알 정도였다.

공업사를 운영하며 농사도 지었다. 농사는 어렸을 때 아버지가 그랬던 것처럼 친환경 농법으로 지었다. 땅을 망가뜨리는 화학비료 대신 우렁이 등을 풀어놓아 논에도 생명

체가 가득 살게 했다.

사방을 둘러보면 시가 안 되는 게 없었다. 산들산들 부는 바람, 쨍한 햇빛, 예쁘게 자라주는 곡식들, 논에서 일하는 농부들, 일을 마치고 탈탈 소리를 내며 집으로 돌아가는 경운기까지 자연의 모든 것이 시가 되었다.

그는 틈이 날 때마다 트럭에 앉아 마음에 담아둔 내용을 시로 쓴다. 그가 몰고 다니는 낡은 트럭은 세상에서 가장 아늑한 창작의 보금자리다. 트럭에 앉아 시를 쓰는 그 시간이 가장 행복하다. 트럭에는 그동안 써놓은 시가 수북하다. 봄 여름 가을 겨울, 사계절 내내 시가 그의 곁을 지키고 있어서 든든하다.

시인은 가난하다는 인식은 예나 지금이나 변함이 없다. 돈이 나오는 것도 아니고 밥이 나오는 것도 아닌데 왜 그렇게 열심히 쓰느냐고 핀잔을 주는 사람들도 있다.

그가 시를 쓰는 이유는 딱 하나다. 시를 쓰지 않으면 배가 고프니까.

사람들이 알아주든 알아주지 않든 그에게는 중요하지

않다. 시를 쓰지 않으면 견딜 수 없으니까 쓰는 거다. 아무리 누가 말려도 어쩔 수가 없다. 배가 고프면 밥을 먹듯 영혼의 허기를 채우기 위해 그는 쓴다. 그렇게 쓴 시가 수백 편이 됐다.

"누가 책으로 내보라고 하대요. 부끄러웠지만 지금까지 내가 쓴 글을 정리하는 차원에서 책으로 엮었어요."

그렇게 탄생한 시집이 ≪잔디의 노래≫다.

잔디는 백성을 의미하고, 노래는 소리를 의미한다. 그러니까 ≪잔디의 노래≫라는 제목에는 백성의 소리라는 의미가 담겨 있다.

## 잎과 입은 원래부터 떠드는 존재들인 것을

술을 함께 마시면 술친구이고 글을 함께 나누면 글친구다. 그에게는 술친구 못지않게 글친구도 소중하다. 시를 쓰면서 시를 함께 나누고 교류하는 친구들을 많이 만났다. 그처럼 시가 좋아 일평생을 시를 쓰며 살아온 친구들이다. 글친구들과 문학회를 결성했고, 소박하게 시작했던 문학회가 이제는 용인을 대표하는 '용인문학회'로 성장했다.

'용인문학회'는 순수하게 문학을 사랑하는 사람들이 모여 만든 지역 문학회다. 지방의 단일 문학회로는 규모가 제법 크고 하는 일도 많다. 1996년에 결성된 후 그 이듬해에 반연간지 ≪용인문학≫을 발간했다. 약천문화제도 열고 시창작반도 운영하며 비정기적인 학술대회나 문학기행도 했다. 시창작 아카데미에서 수강한 수강생들은 신춘문예나 각 문예지를 통해 등단하기도 했다.

그는 시를 정식으로 배운 적이 없다. 기교도 모르고 비유나 상징도 모른다. 대신 그의 시에는 그가 바라보는 자연과 인간과 삶이 담겨 있다. 그의 시는 온실에서 온갖 정성을 다해 키운 화려한 꽃보다 야생에서 거친 비바람을 맞고 자란 야생화에 가깝다. 그렇다고 그가 쓴 시가 아니라고 할 수 있을까? 작품이 좋고 나쁘고는 누가 어떤 기준으로 판단하는 걸까?

그는 작품활동을 하면서 크게 상처를 받은 적이 있었다. 한 시인이 사국의 작품을 부정적으로 평가했다. 오래 전 일이라 이제는 덤덤히 그때를 회상할 수 있지만 그 당시에는 두문불출하며 아무도 안 만날 만큼 큰 상처를 받았다. 그 일로 시를 향한 그의 자존감은 바닥으로 떨어졌다. 글친구들조차 만나고 싶지 않았다. 세상 모든 사람들이 형편없다고 자신을 향해 손가락질하는 것만 같았다.

나중에 그 상처를 극복하고 난 뒤 그때의 심정을 시로 적었다.

잎은 원래부터 떠드는 무리들입니다
그래서
바람이 불면 수만 개의 잎들이 떠들어 댑니다.

입은 원래부터 수다스러운 존재입니다.
잠시라도 가만히 두면 입안에 가시가 돋는답니다.

그냥 무심하십시오.

둘이는 원래 떠드는 존재들입니다.

시 '잎과 입' 중에서

## 절을 짓는 마음,
## 돌에 장승을 새기는 마음

그는 살면서 마음에 남는 일을 몇 번 했는데 그 중 하나가 노스님이 사는 절을 수리해준 일이다. 평소 잘 알고 지내던 노스님이 산에 있는 절에서 혼자 기거하고 있었다. 그런데 절이 워낙 오래 돼서 비가 오면 지붕이 새고 방에 물이 떨어졌다. 바람이 불면 기둥이 흔들릴 정도였다.

사국은 절을 수리해주고 싶었다. 그러나 혼자서는 불가능했다. 그는 사월 초파일에 절에 올라가 사람들을 모이게 했다.

"부처님한테 비는 것은 내가 깨달음을 얻기 위함 아닙니까? 스님은 나 없을 때 부처님한테 빌어주시는 분입니다. 그런 귀한 스님이 다 허물어져가는 절에서 지내시다 큰일이라도 당하면 어쩌시겠습니까?”

그의 설득에 사람들이 절 지을 비용을 내놓았다.

사국은 기와를 사서 절 지붕을 수리하기 시작했다. 신도들이 올라와 함께 일을 도와주었다. 기둥도 새로 바꾸고 단청도 곱게 칠했다. 수리가 끝난 뒤에 보니 새로 지은 것 같았다. 그동안 함께 고생했던 사람들도 다함께 기뻐했다. 거기서 그치지 않았다. 절까지 올라오는 길을 새로 닦고 무너져가는 계단도 돌을 쌓아 새로 만들었다. 노스님이 크게 기뻐했다.

도둑맞은 돌장승과 같은 돌장승을 만들어준 적도 있었다.

그가 살고 있는 마을 입구에는 돌장승이 서 있다. 마을 사람들은 이 돌장승을 미륵이라 부르며 돌장승이 있던 자리를 미륵댕이라고 불렀다. 마을 사람들은 돌장승이 마을에 들어오는 잡귀를 막아주고 마을을 지켜준다고 믿고 해마다 제를 올렸다. 돌장승 옆에는 커다란 느티나무가 서 있었는데 1986년에 나무가 벼락에 맞아 쓰러졌다. 그 후 돌장승이 사라졌다. 도굴꾼이 돌장승을 훔쳐간 것이다.

마을 사람들은 무척이나 안타까워했다. 마을에 안 좋은 일이라도 생기면 돌장승이 사라졌기 때문이라며 더더욱 아쉬워했다.

사국은 사라진 미륵댕이 돌장승을 복원하기로 마음먹었다. 돌장승 사진을 놓고 커다란 돌을 망치와 정으로 다듬기 시작했다. 그는 전문 도공은 아니었지만 손재주가 좋았기 때문에 자신 있게 돌 깎는 일을 시작했다.

그는 수도승처럼 돌장승을 만드는 데 몰두했다. 돌을 다듬고 있는 동안 상처받았던 마음이 치유가 되었다. 자애로운 미소의 미륵은 그의 마음에 있는 상처를 어루만져주었다. 누군가를 향했던 원망도 사라지고 바닥을 찍었던 자존감도 회복됐다.

삶과 시의 경계도 무의미하게 느껴졌다. 그에게는 삶이 곧 시이고 시가 곧 삶이었으므로. 누가 알아주지 않아도 상

관없었다. 혼신을 다해 몰두하는 그 과정만으로도 예술이라는 것을 그는 돌에 미륵을 새기며 깨달았다.

몇 년이 지나 돌장승이 완성됐다. 다 완성해놓고 보니 그동안의 노고가 보람되게 느껴질 만큼 돌장승이 보기에 좋았다. 그러나 돌장승을 기증하겠다고 말하기가 쑥스러워 그대로 땅에 박아둔 채 한동안 지냈다.

어느 날 마을 노인회장이 사국을 찾아왔다. 노인회장은 조심스럽게 그 돌장승을 마을을 위해 기증해줄 수 없겠느냐고 물었다. 사국은 기꺼이 돌장승을 기증했다. 마을 사람들은 다시 그가 복원한 돌장승이 있는 미륵댕이에서 제를 지냈다.

그런데 2008년 또다시 돌장승이 사라졌다. 누구보다 상심이 큰 사람은 그였다. 그건 예사 돌장승이 아니었다. 자신의 혼이 깃든, 자신의 분신과도 같은 돌장승이었다.

마을 사람들은 이번에도 돌장승을 찾아 나섰다. 그러다 광주의 한 박물관에서 돌장승을 찾아냈다. 도굴꾼이 사국이 만든 돌장승마저 캐내 박물관에 팔아버린 것이다. 다행히 박물관 측에서 돌장승을 마을에 돌려주었다. 이후 돌장승은 원래의 자리로 돌아와 마을의 수호신 역할을 하고 있다.

## 살면서 몸으로 터득한 생철학

그는 같은 원삼면내 문촌리에 사는 나이 90이 넘은 할아버지를 자주 찾아간다. 할아버지 앞에서 심심풀이라며 그가 쓴 시를 읽어준다. 할아버지는 그가 시를 읽으면 재미있다, 좋다고 하신다. 그 모습에 사국은 시를 쓴 보람을 느낀다.

그는 오래 전부터 깨달음을 얻기 위해 불경을 공부했다. 아직 깨달음의 경지까지 왔는지 알 수 없지만 분명한 철학을 갖게 된 것만은 분명하다. 그것이 바로 살면서 몸으로 터득한 생철학이다. 어머니를 생각하며 쓴 시에 그의 철학이 담겨 있다.

산다는 건 어쨌거나 즐겁고 즐거운 것
남의 일 방해 안 하고 평생을 살았으니
서산머리 노을 진들 후회 없다 하신다.

시 '자랑스런 어머니' 중에서

이제는 어머니처럼 모든 것에 초연해지는 나이가 됐다. 나이를 먹으니 세상이 편안해지고 욕심이 사라져 좋다. 때로는 열심히 써서 모았던 시들도 다 부질 없다는 생각이 든다. 그래서 가장 아끼는 시도 없다.

나이가 먹어도 마음만은 고정관념에 얽매이지 않으려고 노력한다. 자연은 너와 나의 경계가 없듯이, 생각에도 경계를 만들지 않아야 앞으로도 계속 시를 쓸 수 있다. 한 삽 더하기 한 삽은 두 삽이 아니라 크게 한 삽이라는 것을 깨닫기까지 76년이 걸렸다.

그의 철학이 담긴 시가 또 있다. 불심이라는 시는 부처님 말씀에 자신의 생각을 덧입혀 쓴 시다.

약인 욕신 문경리

산조 비곡 소안누

사후 극락 발원자

혜안 투시 지옥공

만약 사람이 문학의 경지를 알려거든

산새가 읊은 노래와 눈물 없이 우는 뜻을 생각하고

죽어 극락 가기를 원하거든

깨달음의 눈으로 세상을 보아 지옥도 없음을 알라

시 '불심' 중에서.

## 더 바랄 게 없는 인생이다

한때는 종업원까지 두고 운영했을 만큼 문전성시를 이뤘던 공업사는 이제 문을 열지 않는 날이 더 많다. 사국은 굳이 일에 매달려 빠듯하게 살고 싶지 않다. 그래도 가끔 그

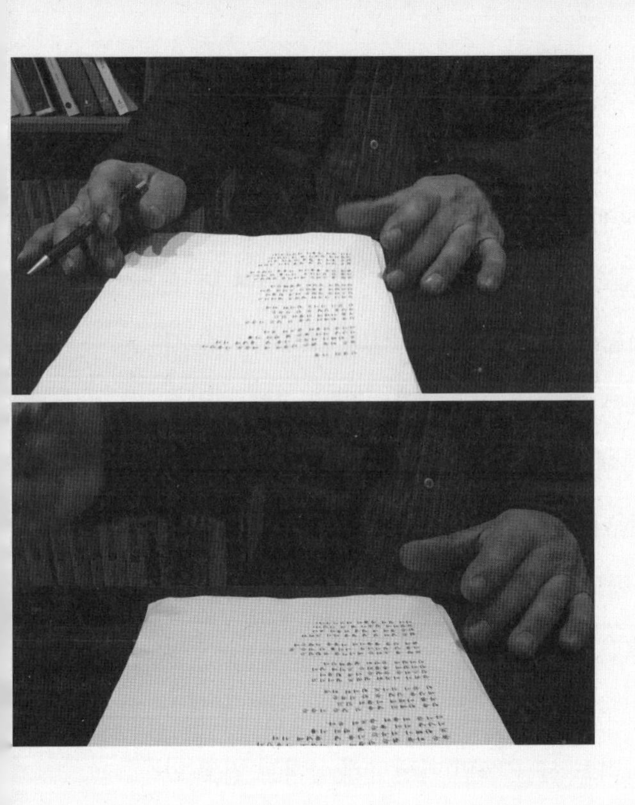

시가 뭔가. 그는 시가 뭔지 모른다. 그러나 매일
시를 쓴다. 쓰지 않으면 배가 고프다.
사방을 둘러보면 시가 아닌 게 없다. 바람도,
나무도, 땅도 모두 그에겐 시다. 노동으로 거친 그의
손처럼 그의 시는 삶에서 나온다.

의 손이 필요한 경우, 경운기를 고친다.

그가 사는 동네도 예전과는 많이 달라졌다. 40여 년 전과 비교해보면 지금 풍경은 한없이 낯설다. 그때는 마을 사람들을 다 알았는데 지금은 길에 나가도 통 모르는 사람들 천지다. 낯선 도시에 와 있는 기분이다.

그래서 그는 틈나는 대로 자연으로 나간다. 시를 쓰는 문우들과 문학기행도 다니고 낚시도 다닌다. 사람들은 변하고 거리의 풍경은 바뀌었어도 하늘, 산, 대지는 그 옛날 그대로다.

그의 아내는 아직도 시를 쓰면 가난하게 산다고 믿고 있다. 오래도록 시를 쓰면서도 처자식 고생 안 시키려고 열심히 일했다. 남보다 두 배, 세 배 더 열심히 살았다. 지금은 집도 있고 땅도 있어 살 만하다.

어렸을 때 형과 여동생을 잃은 그는 지금은 하나 남은 여동생과 함께 살고 있다. 1남 1녀 자식들도 잘 자라 각각 직장생활을 성실하게 살고 있다. 이제는 더 바랄 게 없는 인생이다. 앞으로도 지금처럼 시를 쓰며 글친구들과 시를 나누며 살고 싶다.

그동안 그는 일제 36년과 6.25 전쟁사, 현대사를 써놓았다. 그가 살아온 역사를 자신의 목소리로 오롯이 담아낸 글이다. 그중 한 구절이다.

삼일절도 광복절도 일본 때문에 생긴 날
국경일 두 날의 근본을 새겨보자
망국의 설움을 잊었느냐 모르느냐!

발길 아래 찢어진 한민족의 설움이라
독립정신 한데 뭉쳐 뜨거운 피 흘린 뜻은
선진국 강대국 부국됨이 꿈이로다.

왕비의 목 자르고 불사르고 짓밟으니
오천 년의 역사가 연기 속에 울음 울어
백성의 가슴속에 분노의 불길 되었구나.

시 '90돌을 되새기며' 중에서.

그는 여생을 이곳 용인에서 마무리할 생각이다. 비록 태어난 곳은 아니지만 용인은 그에게 고향이나 다름없다. 그가 용인을 얼마나 사랑하지는 그가 지은 '용인예찬'이라는 시에 담겨 있다.

나라에 중심이요 서울에 문간이라
산수를 둘러보니 역사 속에 묻혔구나!
석성산 할미성은 조상님의 짚신자국
토성 터 둥근 둑은 땀에 젖은 괭이자국
처인성 올라서면 김윤후의 시위 소리
징 치고 북 울리는 백성들의 고함 소리

시 '용인예찬' 중에서

59행이나 되는 이 긴 시를 그는 조사 하나 틀리지 않고 외운다. 그는 용인을 사랑하면 누구나 쓸 수 있는 시라고 겸손하게 말한다. 그러면서 '용인예찬'을 쓴 시인은 기억하지 않아도 좋으니 이 시가 용인을 사랑하는 사람들에게 전해져 모두가 아름다운 용인을 기억하기를 바란다고 덧붙였다.

"인생을 살면서 부끄럽지 않은 삶을 산다는 게 어디 쉬운 일이겠습니까만, 자식들에게 잔소리 이전에 모범을 보인다는 생각으로 살았을 뿐입니다."

공무원도 아닌 일반인으로 도지사 표창을 세 번이나 받고, 경기방송 '사람 사는 세상'이라는 프로그램에 출연했던 그는 하루하루 그저 열심히 살았을 뿐이었다며 자랑도, 칭찬도 모두 부질없다고 말한다.

아침부터 밤까지 생활인으로서 성실하게 살아오고, 그 틈틈이 매일 하루도 빠짐없이 시를 생각하는 홍사국. 뻐꾸기 우는 소리가 시가 되고, 솔방울 굴러가는 소리가 시가 되는 그에게 시는 곧 생활이다.

# 지금 이 순간이
# 가장 행복하다

**서정옥** 1945년생(호적에는 1947년)

“ 배우면 배울수록 세상은 더 넓어진다.
늙음이 끝이 아니라, 늙음도 시작이라는 이치를
헤엄을 치며 깨달아가고 있다. 이 세상에 오길
참 잘했다, 나로 태어나길 참 잘했다는
그날이 올 것을 믿고 살면 된다. ”

시어머니는 차가웠고, 시집살이는 호됐다. 시어머니는 하루 종일 일을 시켰고 며느리는 일만 했다. 며느리는 시어머니가 무서워 아무 말도 하지 못했다. 왜 자신이 그런 부당한 대우를 당해야 하는지, 왜 시어머니가 자신을 그토록 차게 대하는지 모른 채 묵묵히 시집살이를 했다.

조선시대 이야기가 아니다. 몇십 년 전까지만 해도 어느 집에서나 흔히 볼 수 있는 풍경이었다. 오죽하면 '고추 당초 맵다 해도 시집살이 더 맵더라'라는 속담까지 생겼을까.

서정옥은 고추 당초보다 매운 시집살이를 했고 죽을 고비를 두 번이나 넘겼다. 평생 행복했던 기억보다 불행했던 기억이 더 많았다. 결혼하기 전에는 친정 엄마의 차가운 성격에 마음이 많이 아팠고, 결혼 후에는 시집살이를 시키는 시어머니로 인해 마음에 상처를 받았다.

그녀에게 삶은 목숨을 건 전투였다. 그러나 죽을 고비를 두 번 넘고 나서 그녀가 달라졌다. 일흔 다섯 살이 된 지금 그녀는 그 어느 때보다 행복하다.

## 이대로 죽기에는 억울한 인생

그녀에게 첫 번째로 찾아온 죽음의 공포는 암이었다. 1998년 2월, 미루던 건강검진을 받았다. 건강검진 예약을 하러 가던 날은 비가 억세게 퍼부었고, 건강검진을 하러 가던 날은 눈이 펑펑 왔다. 건강 검진 결과는 상피암이었다. 정옥은 하늘이 무너지는 듯했다. 그나마 수술을 하면 희망이 있다고 해서 부분 절제술을 했고 3일 동안 입원을 했다.

수술 후 이런저런 걱정으로 잠을 통 잘 수가 없었다. 한의원에 찾아가 약을 지었다. 수술 이야기를 했으면 좋았을 것을, 그냥 잠을 못 잔다는 이야기만 했다. 그런데 한약을 먹고 난 후 하혈을 시작했다.

너무 심한 하혈이라 어찌할 바를 몰랐던 정옥은 결국 병원에 가서 입원을 해야 했다. 다행히 하혈은 곧 멈췄지만, 다시 검사한 결과 자궁암 초기라고 했다. 암보험을 들었기 때문에 보험금으로 치료를 하면 된다 생각하고 마음을 다잡았다.

그 후 불과 2개월 후인 4월, 쓸개에 혹이 생겨서 쓸개 제거 수술을 받았다. 자궁암 진단 때 초음파 결과 혹이 있으니 두고 보자고 했던 것이 결국 커진 것이다. 그새 날짜를 잡았던 큰아들을 혼인시켰다.

가난해도 아직 젊고, 건강한 몸 하나 믿고 살던 정옥에게 갑자기 찾아온 병은 순간순간 그녀의 마음을 약하게 했다. 그래도 아이들을 데리고 집안 살림을 하다 보면 시간은 훌쩍 지나갔다.

두 번째 죽음의 공포는 2001년 1월 19일에 찾아왔다. 암 완치 판정을 받기도 전, 빙판길에 서 있던 정옥을 달리던 트럭이 그대로 덮쳤다. 순식간에 일어난 일이었다. 깨어나 보니 병원이었다. 정옥의 얼굴은 형체를 알아볼 수 없을 만큼 처참했다. 이가 다섯 개가 나가고 턱뼈가 나갔다. 얼굴은 퉁퉁 부어올라 도저히 눈 뜨고 볼 수가 없었다.

오죽하면 사고 소식을 듣고 병원에 달려온 남편이 병원 침대에 누운 정옥을 보고 자기 아내가 아니라며 고개를 저었다. 그녀는 4개월 동안 병원에 입원해 있으면서 이를 박아 넣고 턱 수술을 했다. 무너졌던 얼굴이 서서히 회복됐다.

병실 침대에 누워 정옥은 지금까지 살아온 날들을 되돌아보았다. 생각해보니 억울한 것 투성이었다. 아등바등 힘들게만 살아온 세월. 무엇을 위해 그렇게 살았나 싶었다. 그러다 한 순간에 죽어버릴 수도 있는 게 인간의 삶인데.

정옥은 퇴원을 하면 새로운 삶을 살기로 결심했다. 남은 생은 그 누구도 아닌, 나 자신을 위해 살겠노라 결심했다.

## 나를 위한 취미생활을 하자

정옥은 사고가 나기 전까지 보험설계사 일을 했다. 퇴원한 뒤 그녀는 21년간 해왔던 보험설계사 일을 그만뒀다. 그만둘 수밖에 없는 것이 교통사고 후유증이 너무 심했다. 무엇보다 밥을 제대로 먹지 못했다. 뭘 입에 넣으려 해도 목에서 넘어가지 않았다. 하루는 남편이 고기를 좀 먹어야겠다며 고깃집에 데리고 갔는데 한 점도 넘길 수가 없었다.

제대로 먹지를 못하니 늘 기운이 없었다. 영양제를 맞아도 소용이 없었다. 문턱을 넘는 것조차 힘이 들었고, 걸을 때도 다리에 힘이 없었다. 살은 점점 빠졌다. 암 수술 받을 때 빠졌던 살을 조금 붙여놓았는데 그마저 다 깎아먹어 몸무게가 무려 8킬로그램이나 빠졌다.

그러는 사이 둘째 아들 결혼식을 치렀다. 큰아들 때처럼 집에서 음식을 다 장만했다. 몸은 아파도 자식일이니 정옥은 최선을 다했다.

집안에 아픈 사람이 있으면 집안이 아무래도 깔끔하지 못하다. 그런데 아내이자 엄마인 여자가 아프면 문제는 심각하다.

"집안은 그야말로 엉망이었지요. 나도 나지만 남편과 아이들이 정말 고생이었지요. 며느리가 직장을 다니면서 애 많이 썼고요."

그 세월이 무려 6년이었다. 집밖에 나가는 일이라곤 병원 가는 일이 전부. 특히 밖에서 일하다 집에만 있다 보니 우울증도 찾아왔다. 정옥은 그 세월을 생각하면 지금도 아득하다. 어떻게 그 시절을 견뎌냈을까 싶다. 그래도 그녀의 마음에는 한 가지 꿈이 있었다. 내가 건강해지면 나를 위해 살겠다, 뭐든 배워야겠다는 꿈.

2007년. 정옥은 양지향교 예절교육을 등록했다. 그때 만난 선생님이 안인숙 선생이다. 선생님으로부터 3개월간 다

도를 배웠다. 양지향교에서 서예도 배웠다.

2014년부터는 용인예절교육관에 등록했다. 안인숙 선생님이 예절교육관에서도 강의를 하고 계셨기 때문에 자연스럽게 연결됐다. 예절교육관 프로그램은 생활예절, 다례, 사자소학 등 다양했다. 정옥은 그 프로그램 이름을 보기만 해도 가슴이 뛰었다. 자신이 할 수 있는 프로그램을 모두 신청했다.

사자소학을 공부할 때는 어려서 하지 못했던 공부를 한다는 기쁨에 가슴이 벅찼다. 차를 마시는 법도 정식으로 배웠다. 기후 변화 체험센터에서 기후를 공부하면서 지구 보호를 위해 어떤 노력을 해야 하는지도 배웠다.

배움에는 끝이 없었다. 기초반이 끝나면 심화반에 들어가 좀 더 깊이 있게 배웠다. 꽤 오랜 세월이 흘렀지만 지금도 정옥은 처음 배움을 시작했던 그때처럼 여전히 바쁘다. 지금 달라진 점이 있다면 봉사활동 시간이 예전보다 더 추가됐다는 것.

정옥은 2007년부터 김종숙 지회장이 이끄는 곰두리 봉사단체에 가입해 장애인들을 찾아다니며 서예를 가르쳤다. 예절관에서는 배우러 오는 아이들에게 한복을 입혀준다거나 다기등을 정리하는 봉사활동을 했다. 성년식 때는 고등학교에 가서 청소년들에게 한복을 입히면서 옷고름 매는 법 등을 도와주고 가르쳤다.

"나하고 눈도 안 마주치던 장애아가 있었어요. 뭘 물어봐도 쳐다보기는커녕 말도 안 듣던 아이였거든요. 그래도 꾸준히 그 아이를 찾아갔어요. 딴짓을 하든 말든 계속 가르쳤죠. 그랬더니 어느 날 나한테 커피를 뽑아다주는 거예요. 그날 그 아이와 처음으로 눈을 마주쳤어요. 그 아이의 밝은 얼굴을 보고 그때 정말 기뻤어요. 봉사하는 일에 보람을 느끼기도 했고요."

보여 주기가 아닌, 진심에서 우러난 봉사는 사람의 마음을 움직이게 하는 놀라운 힘이 있다. 정옥은 그 힘을 1천 시간이 넘는 봉사활동을 통해 경험했다.

정옥은 지금의 삶에 만족한다. 병상에서 결심했던 대로 지금은 제2의 삶을 살고 있다. 일주일 스케줄은 단 하루도 빈 틈 없이 꽉 짜여 있다.

## 지금은 없어진 고향땅

정옥은 안성군 고삼면에서 8남매 중 여섯번째로 태어났다. 그 당시에는 의료 시설이 제대로 갖춰지지 않아서 영아 사망률이 높았다. 정옥 위로 다섯 명이나 죽었다. 여섯째인 정옥에서부터 죽음의 행렬이 멈췄다.

정옥은 1945년생이지만 호적에는 1947년생으로 되어 있다. 그 당시 대부분의 영유아들은 출생년도와 호적에 기재된 년도가 다르다. 언제 죽을지 몰라 출생신고를 몇 년씩 늦췄기 때문이다. 정옥도 태어난 후 2년 동안 이 세상에 없는 사람 취급 받았다. 다행히 살아남아 호적에 이름을 올릴 수 있었다.

열여섯 살까지 살았던 고향은 지금은 물밑에 가라앉고 그곳에 고삼저수지가 생겼다.

농부였던 아버지는 정이 많으신 분이었다. 어머니는 속병을 앓았다. 그러다보니 신경질이 많았는데 유독 정옥에게 냉정했다. 화가 나면 물불 안 가리고 정옥을 심하게 야단쳤다. 정옥에게 얼마나 무섭게 대했는지, 정옥은 엄마의 표정이 조금이라도 안 좋게 변하면 아예 자리를 피했다.

반면 아버지는 정옥에게 따뜻했다. 애틋한 추억도 많다. 지금도 아버지와 함께 구봉산 백해 고개를 넘던 저녁나절이 떠오른다.

고모가 아들을 낳았다는 연락을 받은 아버지는 고모를 보기 위해 집을 나섰다. 아버지는 고모에게 줄 선물로 밤 한 말을 지게에 짊어졌다. 고모네 집은 백해 고개를 넘어서 한나절을 가야 하는 거리에 있었다.

정옥은 아버지를 따라나섰다. 지금이야 버스를 타면 후딱 넘을 고개였지만 그 시절에는 한나절을 걸어도 다 넘지 못하는 큰 고개였다.

고개를 다 넘기도 전에 날이 어두워졌다. 정옥은 무서워 칭얼댔다.

"아버지 무서워요."

"조금만 더 가면 돼."

"얼마큼 가야 돼요?"

"조금만 더 가면 된단다."

"나무가 꼭 귀신 같아요."

"걱정 마. 아버지가 있잖아."

"무서워서 숨을 쉴 수가 없어요."

"얼른 내 뒤로 숨어."

정옥은 아버지 뒤에 붙어서 숨을 죽이며 어두운 백해 고개를 넘었다. 아버지가 앞에서 든든하게 지켜주니 그나마 덜 무서웠다. 그런 아버지가 어느 날 갑자기 돌아가셨을 때 정옥은 세상을 다 잃은 듯했다.

회갑도 되기 전이니 아직 젊은 나이였다. 아버지는 식사 전 반주 한 잔씩을 드셨는데 돌아가시던 그날 아침에도 반주를 드셨다. 그런데 아버지가 갑자기 숟가락을 떨어뜨리고 그 자리에서 쓰러졌다. 서울 큰 병원으로 모시고 갔지만 아버지는 영영 일어나지 못했다.

어머니는 정옥에게 따뜻한 말 한 마디 건네지 않는 차가운 성격이었다. 어느 날, 어머니와 단 둘이 집에 있었다. 가구 위에 있던 가위가 그만 정옥의 발등에 떨어지는 바람에 피가 났다. 정옥은 너무 아팠지만 어머니한테 말을 하지 못했다. 어린 정옥이 아버지와 함께 기댈 사람은 할머니였는데 그날은 할머니가 안 계셨다. 정옥은 차마 어머니에게 발등을 내보일 수가 없었다.

어머니의 잔정을 받지 못한 어린 정옥은 가끔 생각했다. 어머니가 진짜 나를 낳았나, 어디서 주워온 자식은 아닌가.

어머니는 화가 많았다. 생전 웃는 모습을 보기 힘들었다. 나이 들어 중풍으로 몸을 제대로 쓰지 못한 채 돌아가시고 난 뒤에도 한참 동안 정옥은 어머니에 대한 기억이 별로 좋지 않았다.

자식을 낳아보고 그때의 어머니 나이가 돼 보니 어머니가 이해가 됐다. 왜 항상 얼굴을 찡그리고 있었는지, 왜 홧병이 있었는지, 왜 정옥에게 그토록 차게 대했는지.

어머니는 자식 여덟을 낳아 다섯을 잃었다. 그 심정이

오죽했을까. 자식을 하나씩 잃을 때마다 어머니의 심장은 뜯기고 찢어져 나중에는 걸레처럼 너덜너덜해졌을 것이다. 잘 먹고 잘 노는, 살아남은 자식들을 볼 때마다 어머니는 죽은 자식들 생각이 나지 않았을까?

세월이 좋은 점은 누가 알려주지 않아도 여러 가지 것들을 스스로 알고 깨우친다는 점이다. 어머니를 이해하게 된 것도 그 중 하나다.

## 맵고 독한 시집살이

어느 날 마을 사람 하나가 찾아와 중매를 했다. 건너 마을에 참한 총각이 있다면서 넌지시 결혼 이야기를 꺼냈다. 나이가 꽉 찬 딸을 언제까지 집에 붙잡아둘 수 없었던 아버지는 선을 보자고 했다. 정옥이 스물다섯 살 때였다.

정옥은 백암면 장평리에 살고 있었고, 총각은 개울 건너에 있는 백암면 백봉리에 살고 있었다. 신랑 측에서 선을 보러 온다고 했다. 논에서 일하던 아버지가 급히 집으로 돌아왔다. 상대측에서는 당사자인 총각과 이모가 왔고 중매쟁이와 아버지 정옥, 이렇게 다섯 명이 정옥네 집에 앉아서 첫선을 봤다.

정옥은 신랑 얼굴도 제대로 보지 못했다. 떨리고 겁이 나서 그저 고개만 푹 숙이고 있었다. 선을 봤다는 것은 곧 암묵적으로 상대와 결혼한다는 것을 의미했다. 상대가 마음에 들지 않아도 집안에서 결혼하기로 결정하면 그에 따라야 했다.

선을 본 그날 이후 정옥은 총각과 결혼하기로 정해졌다. 정옥 자신이 정했다기보다는 자연스럽게 그렇게 결정이 됐다. 그 당시 거의 모든 여자들이 그랬듯 정옥에게는 앞으로 평생 함께 살 배필을 선택할 권한이 없었다.

결혼식을 치르는 날, 신부는 소리 없이 울었다. 신랑은 여전히 낯설었고 한번도 가본 적 없는 낯선 집에 가서 살아야 한다는 게 두려웠다. 개울 건너 시댁까지 신부는 트럭을 타고 갔다. 트럭 안에서 눈이 퉁퉁 붓도록 울고 또 울었다. 시댁까지는 고작 개울 하나 건너는 가까운 거리였지만 우주를 하나 건너는 것만큼이나 그 길이 멀었다.

시집살이는 혹독했다. 괄괄한 성격의 시어머니, 선비 같은 시아버지. 시어머니는 술을 좋아했는데 술에 취하면 전혀 다른 사람으로 변했다. 큰 목소리로 며느리를 불러댔다. 정옥은 그런 시어머니가 무서워 시어머니가 술을 마시는 날에는 눈에 띄지 않기 위해 숨곤 했다.

정옥은 온순한 며느리였다. 죽으라면 죽는 시늉까지 했다. 오죽하면 시어머니가 "쟨 평생 말대꾸 안 해서 좋다."라고 할 정도였다.

정옥은 새벽부터 밤늦게까지 집안일을 하느라 늘 힘들었다. 집안일이란 게 해도 끝이 나지 않는 일이지만 무서운 시어머니 눈치를 보면서 일을 하다 보니 더 힘들었다. 친정이 개울 건너에 있었지만 친정에도 못 갔다.

한번은 친정에 가서 하룻밤을 자고 왔더니 시어머니가 노발대발했다. 당장 친정으로 가라고 호통을 쳤다. 정옥은 너무 무서워 말 한마디 못하고 엎드려 빌었다.

중풍으로 대소변을 받아내야 하는 친정어머니를 두고 남동생 둘과 아버지가 살림을 하는데 집안꼴이 말이 아니었다. 오랜만에 친정에 갔지만 할 일이 태산이었다. 이것저것 치우고 반찬 몇 가지 만들다 보니 밤이 되었다. 하는수없이 친정에서 하룻밤을 잘 수밖에 없는 형편이었다. 그러나 이런저런 자초지종을 말할 겨를이 아니었다. 친정어머니의 화는 아무 것도 아니었다.

남편은 서울과 용인을 오가며 쌀 장사를 하느라 집을 자주 비웠다. 대부분의 남편이 그렇듯 정옥의 남편도 무심했다. 임신했을 때 평소 좋아하지도 않던 순댓국이 먹고 싶어 사다 달라고 했다. 그러나 남편은 순댓국을 사다 주지 않았다. 출산 후에 어느 날 순댓국집에 데리고 갔지만, 원래 좋아하는 음식이 아니다 보니 맛있게 먹지를 못했다.

오랫동안 그 일이 서운했는데 지나고 보니 속 깊은 남편이 자세한 이유를 설명하지 않아 그렇지, 정옥이 임신했을 때 순댓국을 사다줄 형편이 아니었을까 하는 생각이 들었다. 말이 많았던 사람이라면 아마도 이런저런 이유를 댔겠지만 남편은 아이를 낳은 후 불쑥 그녀를 데리고 순댓국집으로 향했으니.

시댁은 농사를 많이 지었다. 일 년 내내 할 일이 끊이지 않았지만 농번기가 되면 더 바빴다.

1970년 첫아들을 낳은 어느 날이었다. 점심을 먹고 아기 젖을 먹인 후 정옥은 마당으로 나갔다. 마당에는 찰벼가 가득했다. 풍구질로 쭉정이 같은 것들은 날려버리고 가마니에 찰벼를 담아야 했다. 정옥은 시어머니와 함께 일을 했다. 그런데 방에서 젖을 먹고 잠들어야 할 아기가 울어댔다. 정옥은 어쩔 줄 몰라 마당에서 일을 하면서도 신경은 온통 아기에게 가 있었다.

"냅둬라. 먹을 거 다 먹었으니 괜찮다. 애들은 울면서 크는 법이야."

정옥은 속이 새까맣게 타들어갔다. 한참이 흘렀지만 아기 울음은 그치지 않았다. 그런데도 시어머니 눈치가 보여

정옥은 감히 방에 들어갈 수가 없었다. 얼마나 지났을까. 오후 5시 무렵, 학교에 갔던 시누이가 돌아왔다. 시누이와는 친자매처럼 친하게 지내던 터라 정옥은 반가웠다.

시누이가 아기 울음소리를 듣고 방으로 뛰어 들어갔다. 시누이는 우는 아기를 왜 그냥 놔뒀느냐며 빨리 병원에 데리고 가라고 소리를 질렀다. 정옥은 아기를 안고 병원으로 달려갔다. 세월이 오래 돼 병명은 잊었지만, 아기는 아파서 울었던 것이다. 그때 조금만 늦었으면 아기가 어떻게 됐을지 지금 생각해도 아찔한 일이었다.

서슬 퍼런 시집살이에도 시누이는 독한 시집살이를 견딜 수 있게 해줬다. 그런데 시누이 때문에 시어머니에게 오해를 사서 더 미움을 받았던 적이 있었다.

학교를 졸업한 시누이가 부모 몰래 연애를 시작했다. 시어머니가 알고 난리가 났다. 어디 감히 처녀가 남자를 만나고 다니느냐며 하루는 빨래방망이를 들고 시누이를 기다렸다. 정옥은 밖에 나와 있다가 들어오는 시누이를 몰래 빼돌렸다. 나중에 그 사실을 안 시어머니가 노발대발했다. 며

어떻게 그 시절들을 지나왔을까. 생각하면 아득한 세월들.
정옥에게 젊은 시절은 고통스러운 시간들이다. 그래도 살아남아
지금을 살고 있으니 지금이 가장 행복하다.

느리가 시누이에게 남자를 소개시켜 줬다면서 정옥까지 되게 혼났으니까. 시누이는 그렇게 좋아했던 사람과 결혼해서 잘살고 있다.

## 수저 세 벌, 양은그릇 세 벌, 쌀 두 말

정옥은 친정집 근처에 방 한 칸을 얻어 분가했다. 말이 분가지, 남편이 사업에 실패해 빚쟁이가 집까지 쳐들어오자 집을 나온 것이었다. 나와서 살림살이를 보니 한숨이 절로 나왔다.

시어머니는 정옥 부부를 분가시키며 수저 세 벌과 양은그릇 세 벌, 쌀 두 말을 내줬다. 그 쌀 두 말도 나중에 와서 받아갔다. 분가라기보다 빈털터리로 쫓겨난 것과 다름없었다. 방도 남의 집 곁방살이였다. 곁방살이라는 것은 주인집 일을 해주고 공짜로 사는 것이어서 식모살이나 다름없었다.

분가를 시켰는데도 시어머니는 거의 매일 정옥을 불러 집안일을 시켰다. 시댁에 가지 않고 품을 팔면 먹고 사는 데 걱정이라도 없을 텐데 시댁에서는 공짜로 일을 시켰다. 쌀이 떨어져 쌀을 달라고 하면 시어머니는 "너 벌어서 너 먹고, 나 벌어서 나 먹자."며 딱 잘라 거절했다.

심지어 시어머니는 정옥이 사는 동네 방앗간에 와서 쌀을 빻아가면서도 아들에게는 쌀 한 됫박도 주지 않았다. 벌레가 생긴 쌀 한 됫박도 주지 않았다. 가끔 시댁에 가서 정옥은 아기 기저귀 가방에 쌀 한줌을 몰래 담아오곤 했다. 먹을 것이 없으니 어쩔 수 없었다.

어느 해에는 가뭄이 몹시 들어 벼를 심을 수 없었다. 시부모님은 벼 대신 팥을 심었다. 정옥은 팥이 잘 자라는 모습을 보고 기뻐서 한마디 했다.

"팥이 한 가마니는 나오겠어요."

"닷 말이나 나올까 모르겠다만서도, 만약 네 말대로 한 가마니가 나온다면 나머지는 너 가져가라."

시어머니는 대수롭지 않게 말했다. 팥은 정옥이 말한 대로 한 가마니를 넘게 수확했다. 정옥은 내심 기뻤다. 분명히 시어머니가 나머지를 다 가지라고 하지 않았는가. 그런데 시어머니의 성격을 잘 아는 이웃이 한마디 했다.

“댁 시어머니가 팥을 챙겨주겠나. 내가 미리 챙겨줄 테니 이것만이라도 갖고 가게.”

팥 한 말이었다. 이웃의 말대로 시어머니는 정옥네에게 팥을 주지 않았다. 정옥은 서운하고, 서러웠다. 그 팥 한 말도 돈이 없어 내다 팔면서 정옥은 더 서러웠다. 그래도 정옥은 시어머니에게 서운하다는 말 한마디 하지 못했다.

얼마 후 시아버지 생신이라 다들 모였다. 그 자리에서 큰형님네가 팥씨를 달라고 했다. 시아버지는 큰며느리에게 세 되, 둘째 며느리에게 두 되, 그리고 셋째인 정옥에게 한 되를 줬다. 정옥은 너무나 기가 막혔다.

“저 이거 안 가져가요.”

그러자 사정을 훤히 알고 있던 형님이 한마디 했다.

“아버님, 팥 털고 고생했는데 동서네 더 주시지요.”

그래서 겨우 팥 한 되를 더 받았다. 시집이, 시댁이 정옥에겐 남보다 못할 때가 더 많았다.

시어머니 회갑 때 일이다. 회갑 잔치 며칠 전부터 정옥은 아기를 업고 개울 건너에 있는 시댁에 가서 잔치 준비를 했다. 돈이 없으니 선물이나 돈 대신 몸으로 때운다는 마음으로 열흘 동안이나 열심히 일했다.

하지만 시어머니는 그 공을 알아주지 않았다. 시아주버님이 금반지를 선물하자, 차비까지 쥐어 주며 좋아하셨다. 정옥은 차비를 주기는커녕 못 사는 자식이라고 자식 취급도 하지 않았다. 같은 자식이라도 잘사는 형님네만 좋아하는 것 같아 정옥은 서운했다. 심지어 남은 음식들도 형님네 다 싸줬다. 마지막까지 늦도록 뒷정리를 하다 정옥은 빈손으로 시댁을 나와야 했다. 친어머니 사랑도 못 받고 살았는데 시어머니에게까지 구박을 받으며 살아가는 게 서러웠다.

정옥은 가난한 게 죄라면 죄겠지 싶어 악착같이 일했다. 하지만 원체 없이 시작한 살림이라 아무리 발버둥쳐도 살림살이는 나아지지 않았다.

## 서러운 곁방살이

첫 번째 곁방살이를 하던 집주인은 마음씨가 좋았다. 그 집에서 둘째를 낳았는데 집주인이 산후 조리도 해주었다. 두 번째 이사를 간 집은 쌀장수집이었다. 정옥은 쌀장사를 하는 바쁜 주인을 대신해 빨래, 청소 등 집안 살림을 해줬다.

아무리 집주인이 좋은 사람들이고 서로 사이가 좋아도 가슴 밑바닥에는 남의 집 곁방살이로 인한 설움이 짙게 깔려 있었다.

하루는 아들이 주인집 고추장 항아리를 열어 마늘쫑을 고추장에 찍어 먹고 있었다. 정옥은 화를 내며 아들을 때렸다. 그동안 쌓였던 울분이 폭발하고 말았다. 얼마나 팼는지 3일 동안 어깨가 아파서 팔을 제대로 들 수 없었다.

그러니 아들은 얼마나 아팠을까. 아들은 어른들이 고추장을 찍어 먹는 걸 보고 따라한 것뿐이라고 했다. 지금도 그때를 생각하면 아들한테 미안하다. 그 어린 아들이 무슨 죄가 있다고, 그 어린 것이 뭘 안다고. 정옥은 그날 이후로 절대 아이들을 때리지 않았다.

어느 날 주인집에서 정옥을 불렀다. 분위기가 심상치 않았다. 집주인이 혹시 돈 봉투를 못 봤냐고 물었다. 정옥은 가슴이 철렁 내려앉았다. 쌀장사를 하던 집주인에게는 항상 현금이 많았다. 분명히 100만 원이 든 봉투를 가구 위에 올려놓았는데 없어졌다는 거였다. 집안에 들어온 사람은 청소를 하러 온 정옥뿐이었다. 물론 주인은 정옥에게 대놓고 이야기하지 않았다. 그러나 다른 사람들에게 얘기를 해서 온 동네가 다 알았다. 당연히 사람들도 정옥을 의심하는 눈빛이 역력했다.

정옥은 안절부절 못했다. 죄가 있다면 돈이 없는 죄밖에 없었는데 이제 도둑 누명까지 쓰게 되다니, 내 팔자는 왜 이렇게 박복한가. 생각하니 서러워서 견딜 수가 없었다. 나중에서야 집주인이 돈 봉투를 가구 뒤에서 발견하고 사과했지만 정옥의 마음은 이미 상처받을 대로 받은 뒤였다.

당장이라도 집을 얻어 이사를 나가고 싶었다. 하지만 남편이 하는 일은 신통치 않았다. 남편은 쌀 도매를 하기도 하고 채소밭을 사서 도매상에게 넘기는 일을 했다. 그러나 언제나 먹고 살기에도 빠듯했다.

1980년 어느 날, 보험회사에 다니고 있던 친구가 보험 모집인을 해보라고 권유했다. 정옥은 농사일을 하면서 보험 모집 일을 할 수 있겠다고 생각하고 보험회사에 입사했다. 돈을 벌 수 있는 일이라면 무엇이든 하고 싶었다. 그러나 남편이 반대했다. 집안일 하는 여자가 밖에 나간다고 하니 어떤 남편인들 찬성하겠는가. 정옥은 남편 몰래 다니기 시작했다.

회사까지 가려면 하루에 딱 한 번 밖에 안 다니는 버스를 타고 다녀야 했다. 9시 반에 출발하는 버스와 4시 반에 도착하는 버스를 타고 다녔다. 일주일에 3일 출근하고 받은 첫 월급이 4만8천 원이었고 그 다음에는 6만 원을 받았다. 그 당시 하루 품값이 4천 원이었으니 꽤 괜찮은 수입이었다.

보험회사에 다닌 지 3개월 후, 정옥은 남편에게 말했다.

"3개월간 받은 월급이에요. 매번 같지는 않지만 나가서 일하면 집안일만 하는 것보다 나아요."

남편도 더 이상 반대를 하지 못했다. 정옥은 열심히 일했다. 그만큼 월급도 올랐다. 남편은 사업을 하는 한편 부동산에도 손을 댔는데 그 무렵 부동산 일이 잘됐다. 세월이 흐르면서 아이들은 자라났고, 살림살이는 조금씩 나아졌다. 정옥네는 낡은 집도 한 칸 사고 나중에는 그 집을 헐고 새 집도 지었다. 부부는 열심히 일해서 악착같이 돈을 모았다.

## 내 인생은 내 것

정옥은 어렸을 때는 꽤나 감성적인 문학소녀였다. 밤마다 일기와 시를 쓰곤 했다. 시인이 되거나 작가가 되겠다는 꿈은 감히 꿀 수 없었지만, 공부를 계속하고 싶은 마음은 간절했다. 하지만 그 당시 대부분의 여자아이들이 그랬듯 꿈을 이룰 생각은 전혀 하지 못했다.

어린 시절에는 친정엄마와 정 없이 지내고, 시집을 가서는 시어머니의 시집살이를 견뎌야 했다. 자식들이 태어났을 때는 자식들을 먹여 살리기 위해 이를 악물고 일했다.

돌이켜보면 서럽기 짝이 없는 세월이었다. 한번도 자신이 원하는 삶을 살아본 적이 없었다. 죽음의 문턱까지 가보니 억울한 마음이 들었다. 앞으로 살아갈 시간이 얼마나 남았는지 알 수 없지만, 적어도 남은 시간만큼은 온전히 자신의 삶을 살고 싶었다.

'누가 대신 살아주는 것도 아닌 내 인생. 내 인생은 내 것이다. 내가 하고 싶은 거 하면서 살다 가고 싶다.'

교통사고 이후 건강을 회복한 후 다시 시작된 제2의 인생. 정옥은 월요일부터 일요일까지 단 하루도 쉬는 날이 없다. 배우고, 봉사한다. 배우는 기쁨, 봉사하는 즐거움과 보람은 그 어떤 것과도 비교할 수 없는 삶의 희열이다.

젊었을 때는 빨리 늙었으면 좋겠다고 생각했다. 자고 일어나면 삼십 년쯤 후딱 시간이 지나 호호 할머니가 되어 있으면 고생 안 해도 되니까. 하지만 막상 할머니가 된 지금은 시간이 아깝다. 일 분 일 초가 금싸라기처럼 귀하다.

"지금도 배우고 싶은 게 너무 많아요. 그런데 지금은 들어도 귀에 들어올 새가 없이 한 귀로 듣고 빠져나가요. 그래도 그 듣는 시간이 좋으니까 또 배우러 가요. 요즘은 정화영 교수님에게 생활풍수를 배우는데 얼마나 재미있는지 몰라요."

## 다들 원하는 대로 사는 삶,<br>내 원하는 대로

시집살이를 했던 시어머니가 며느리를 보게 되면 또 시집살이를 시킨다고들 한다. 정옥은 지금 둘째 아들 내외와 함께 살고 있다. 정옥은 어떤 시어머니일까?

"아들과 며느리가 맞벌이를 해요. 처음에 딱 일 년만 같

배움에는 끝이 없다. 배우면 더 배우고 싶다. 봉사도 즐겁다.
누군가가 나 때문에 행복하다면 나는 그보다 더 행복하다.
정옥에게 배움과 봉사는 오늘을 살아가게 하는 가장 큰 힘이다.
정옥은 천가방과 액세서리 등 웬만한 것은 직접 만들어 쓴다.
물론 다른 사람에게도 선물도 하고.

이 살다 내보내려고 했는데 애들이 그냥 같이 살자네요. 지금은 손자가 고2, 고3이에요. 큰아들 손자는 대학에 다니다 지금 공군으로 복무중이고요."

며느리, 손주와 같이 3대가 사는 집. 이제 시집살이라는 단어는 없어져야 할 구시대의 유물 같은 것이다. 며느리든, 딸이든, 아들이든 더불어 함께 행복하게 살아가야 할 가족인 것이다. 서로의 일에 간섭하지 않으면서, 서로를 인정하면서 가족이 누릴 수 있는 최대치의 행복을 끌어내며 사는 것이 이 시대 진정한 가족의 모습이라고 정옥은 말한다.

정옥은 손자들과의 추억을 잊을 수가 없다. 손자 학교에 성년식을 맞아 한복입기 체험을 교육하러 갔는데 손자가 같은 반 친구들에게 우리 할머니라며 자랑했다. 그런 손자를 보며 정옥은 내색은 하지 않았지만 기분이 좋았다.

"지금은 시대가 바뀌었어요. 요즘 젊은 사람들은 옛날 사람들보다 훨씬 똑똑해요. 뭐든 잘해요. 그러니 다들 원하는 대로 살아야지요."

정옥은 움직일 수 있는 힘이 있을 때까지 지금처럼 살겠다고 한다. 남을 위해 봉사활동을 하는 게 아니라 자기 자신이 기쁘고 행복하기 위해 하는 거니까 멈출 이유가 없다. 젊어서는 세상이 좋은 거 모르고 살았는데, 늙은 지금은 세상이 좋은 거 알고 살아서 다행이라고 생각한다.

배우면 배울수록 세상은 더 넓어진다. 정옥은 비좁은 세상에서 더 넓은 세상으로 점점 헤엄쳐가고 있는 중이다. 늙음이 끝이 아니라, 늙음도 시작이라는 이치를 헤엄을 치며 깨달아가고 있다. 더 넓은 곳으로 나가서, 더 많은 것을 보고 배우고 함께 나누다 보면 언젠가는 이 세상에 오길 참 잘했다, 나로 태어나길 정말 잘했다는 그날이 올 것을 믿고 살면 된다.

"지금이 제일 좋아요."

지금까지 살아온 세월 중 지금이 제일 좋다는 정옥. 냉랭하던 친정어머니, 호된 시집살이를 시켰던 시어머니는 그녀를 더 강하게 살아남게 했고, 암 수술과 교통사고는 그녀를 오랫동안 힘들게 했지만 서정옥이라는 자신을 일으켜 세우고, 다지게 하는 데 약이 됐다. 그 많던 설움과 한은 배우고, 봉사하는 삶으로 인해 눈 녹듯 사라졌다.

오늘도 정옥은 소녀처럼 설레는 마음으로 버스에 올라 탄다. 오늘은 또 무엇을 배울 것인가, 오늘은 또 누구를 만날 것인가. 직접 만든 천 가방을 들고 가슴 한쪽에 자신이 만든 천 브로치를 달고 선 그녀의 눈빛이 반짝이는 이유다.

# 한평생 좋았다,
# 지금도 좋다

최근자 1947년생

“남편이 죽고 세상의 끝에 와 있는 것 같았는데 세상의 끝이 아니라 시작점에 서 있는 기분이다. 하루하루가 소중하다. 가끔 하늘에 있는 남편에게 미안할 때도 있다.

“만희 씨, 미안해. 나만 너무 행복해서. 그치만 당신도 내가 잘 사니까 좋지? 그렇지?””

"근자야."

남편은 항상 "근자야." 하고 불렀다. "근자야." 하고 남편이 부르면 근자는 남편이 친구 같아서 좋았다. (사실 남편 유만희와 아내 최근자는 호적상으로는 동갑이지만 실제 나이는 유만희가 두 살이 많다.) 그래서 근자도 남편 이름을 불렀다.

"왜 유만희 씨."

화가 나면 "야, 만희야."하고 부를 때도 있었지만 대부분은 "유만희 씨."로 불렀다. 그렇게 그들은 서로가 서로의 이름을 불러주던 사이였다.

세상을 떠나기 전 남편이 근자 손을 꼭 잡았다.

"근자야."

"왜. 만희 씨."

"미안해."

"뭐가?"

"평생 병원에만 데리고 다니게 해서."

"미안하면 빨리 일어나."

"……."

남편은 요양병원에 입원한 지 5일 만에 세상을 떠났다.

## 21년 동안 투병 생활했던 남편

남편은 50세부터 71세까지 21년 간 앓았다. 투병 생활이 21년 동안이나 계속될 줄 그때는 몰랐다. 50세 즈음부터 당뇨 합병증이 시작됐다. 목에 구멍을 뚫고 호스를 끼워 넣었

"근자야." "만희 씨." 남편과 아내는 서로
평생 그렇게 불렀다. 평생 친구이자 동반자였다.
오래 병치레를 하던 남편은 떠날 때 말했다.
"평생 고생만 시켜서 미안해, 근자야."

다. 투석도 시작했다.

오랜 투석에 남편은 지칠 대로 지쳐 있었다. 그 즈음 중국에서 크게 사업을 하고 있던 조카가 중국에 와서 신장이식수술을 받으면 어떻겠느냐고 했다. 다시 건강해질 수만 있다면 뭐라도, 무슨 짓이든 할 수 있을 것 같았다.

남편이 신장 이식 수술을 받으러 중국으로 떠나기 전 식구들 모두 가족여행을 다녀왔다. 가족 모두가 함께한 여행이어서 시끌벅적했다. 당사자인 남편은 가끔씩 두려운 기색을 내비쳤다. 남편은 자신이 수술을 받다 죽을 수도 있다고 했다. 하지만 천성이 긍정적인 근자는 밝고 명랑했다.

"만희 씬 절대 안 죽어. 걱정 마."

근자 말대로 남편은 죽지 않았다. 수술이 성공해 지긋지긋한 투석을 받지 않아도 됐다. 조카가 아니었다면 꿈도 꿀 수 없었던 일. 조카 덕분에 남편은 살아났다. 그런데 이번에는 다른 곳이 아팠다. 양쪽 눈에 이상이 생겨 수술을 해야 했고, 뼈가 골절이 돼서 수술을 했다. 이렇게 저렇게 사는 동안 남편은 18번이나 수술을 했다.

아픈 와중에도 남편은 활발하게 사회 활동을 했다. 용인 지역 신문사 편집국장도 지냈고, 국회의원 보좌관도 지냈다. 비록 떨어졌지만 시의원에도 출마했다. 그렇게 열심히 살았지만 병마를 이기지 못했다.

2014년 뼈가 부러져 1년 동안 병상에 누워 있었다. 남편 얼굴에는 병색이 완연했다. 그토록 밝은 근자도 마음으로는 걱정이 됐지만 겉으로는 누구보다 씩씩했다.

입원과 퇴원을 거듭하던 남편이 2015년 7월 어느 날, 진지한 얼굴로 부탁했다.

"근자야. 제발 나 요양병원에 보내줘라. 응?"

근자는 집에서 남편 병수발을 하고 있었다. 밤에도 대여섯 번이나 깨 대소변을 받아내면서도 싫은 내색 한번 하지 않던 그녀였다. 근자는 반대했다. 힘들지 않다고, 힘들어도 견딜 만하다고 남편을 설득했다. 하지만 남편은 계속 졸랐다.

"마지막 부탁이야. 제발 나 병원에 보내줘."

근자는 남편의 소원대로 요양병원에 입원시켰다. 21년

동안 죽을 것 같은 순간도 여러 번 겪었고, 마음의 준비를 한 것도 수십 번이었다. 지금 당장 남편이 죽는다고 해도 별로 놀라지 않을 것처럼 마음이 단련됐다. 그때도 그랬다. 이러다 곧 일어나겠지. 며칠 입원해 있다가 퇴원하겠지.

그러나 남편의 상태는 심각했다. 폐렴까지 걸렸다. 비로소 남편에게 죽음이 가까이 왔다는 생각이 들자 근자는 겁이 났다. 남편이 오히려 근자를 위로했다.

"평생 고생만 시켜서 미안해, 근자야."

남편은 미안하다는 말을 남기고 숨을 거뒀다. 21년 동안 수도 없이 애도의 시간을 겪었는데 눈앞에 닥친 진짜 죽음 앞에서 근자는 망연자실할 수밖에 없었다.

사람들은 두 사람이 남매가 아니냐고 물었다. 외모는 닮지 않았는데 두 사람은 분위기가 묘하게 닮았다. 평생을 함께 고생하고 함께 병을 나누어 울고, 웃고, 그렇게 투닥투닥 함께 지내는 동안 두 사람은 친구처럼, 남매처럼 닮아가고 있었던 것이다.

남편이 죽고 나서 어떻게 살아야 할지 앞날이 막막했

다. 남편은 근자의 한쪽 세상을 지탱하고 있던 또 다른 세상이었다. 세상 한쪽이 무너지면 한쪽으로만 살아가야 하는데, 남은 인생을 반쪽인 채로 살아갈 자신이 없었다.

사랑하는 자식들과 손자 손녀들이 있었지만 남편이 없는 세상은 너무나도 공허했다. 한순간 백년은 늙어버린 기분이었다.

그러던 어느 날 경로당에 갔는데 한 할머니가 근자를 불렀다.

"어이, 애기 엄마. 나 커피 좀 타줘."

근자는 주위를 둘러봤다. 설마 지금 나한테 애기 엄마라고 한 건가? 믿을 수 없었다. 나이 일흔두 살에 애기 엄마 소리를 들으니 어이가 없어 웃음이 나왔다.

"에이, 저 애기 엄마 아니에요. 저 할머니예요."

그러자 할머니가 말했다.

"에이 이 사람아. 나에 비하면 새파란 젊은이지. 나 아흔아홉이야."

할머니 말이 옳았다. 아흔아홉에 비하면 아직 할 일도

많고 살아갈 날도 많은 새파랗게 젊은 나이였다. 근자는 갑자기 기쁜 마음이 들어 할머니에게 커피를 타 드렸다.

남편이 죽고 세상의 끝에 와 있었던 것 같았는데, 세상의 끝이 아니라 시작점에 서 있는 기분이었다. 하루하루가 소중했다.

근자는 슬픔을 털고 일어나 열심히 살기 시작했다. 지금은 세상에서 가장 행복한 '애기 엄마'로 살고 있다. 가끔 하늘에 있는 남편에게 미안할 때도 있다. 그때마다 이렇게 속삭인다.

"만희 씨, 미안해. 나만 너무 행복해서. 그치만 당신도 내가 잘 사니까 좋지? 그렇지?"

## 천방지축 뛰어놀던 어린 시절

근자는 경기도 기흥에서 4남 2녀 중 막내로 태어났다. 부모님은 농사를 지었는데 집안은 기흥에서도 유명한 부자였다. 남들이 보리밥 먹을 때 쌀밥을 먹었고, 학교 다닐 때 싸간 도시락에는 언제나 계란 프라이도 들어 있었다. (당시 쌀밥에 계란 프라이 도시락은 아이들 사이에서 부의 상징이었다.)

제일 큰오빠와는 나이 차이가 무려 20년이나 났다. 큰오빠는 아버지 같았다. 큰오빠가 결혼해서 첫애를 낳았는데 첫 조카가 근자와는 여섯 살밖에 차이 나지 않아 조카와 친구처럼 놀았다.

아버지는 막둥이인 근자를 제일 예뻐했다.

"아버지는 내 말이라면 꼼짝도 못 하셨어요."

남존여비 사상을 목숨만큼이나 소중하게 여겼던 시대였지만 아버지는 근자를 딸이라고 차별하지 않았다. 오히려 막내라고 더 애틋하게 키웠다. 근자는 아버지를 졸졸 따라다니며 놀았다.

어머니는 천생 여자였다. 시장에 가서 물건 하나도 못 살 정도로 내성적이었다. 부모님은 평생 한번도 부부싸움을 하지 않았다. 서로 존댓말을 사용하며 서로를 존중했다.

근자는 오빠들의 귀여움을 독차지했다. 특히 큰오빠가

근자를 유독 예뻐했다. 예쁜 옷도 사다주고 사탕도 손에 쥐어 주었다. 놀다가 혼날 일이 생기면 오빠가 대신 혼났다.

집안 남자들은 대대로 공부를 많이 했다. 근자도 남들보다 2년 이른 나이에 학교에 들어갔다. 같은 동네에 친구들이 다섯 명 정도 있었는데 친구들과 매일 만나서 놀았다. 저녁에 모여 앉아 재잘재잘 수다를 떨었다. 시간이 가는 줄 모르고 수다를 떨다 보면 어느새 깜깜한 밤이었다.

겨울에는 친구 집에 모여 화투놀이를 했다. 재미로 손목을 맞는 내기를 했다. 화투놀이도 심심하면 불장난을 했다. 정월 대보름날이면 모닥불을 피워놓고 불 위를 뛰어넘다 옷을 태워 먹기도 했다.

야밤에 남의 집 부엌에 몰래 숨어들어가 솥에 넣어둔 밥과 나물을 훔쳐다 맛있게 먹었다. 그때는 주인이 알고도 모른 척 넘어가 주던 시절이었다.

여름에는 주로 개울에서 놀았다. 붕어도 잡고 미꾸라지도 잡았다. 저녁이 되어 출출해지면 고구마를 흙에 파묻고 모닥불을 피워 구워 먹었다. 참외나 수박도 훔쳐 먹었다.

생각해보면 눈물 나게 아름다운 순간들이었다. 햇빛 쨍쨍한 여름날, 오곡백과 무르익는 가을, 눈 쌓인 겨울, 온갖 생명들이 꿈틀대는 봄. 사계절 내내 즐겁지 않은 때가 없었다.

그 시절 어른들은 아이들을 마음껏 놀게 했다. 참외를 서리해도 그저 허허, 웃고 말았다. 어른들의 비호 아래 아이들은 하루 종일 놀고 또 놀았다.

초등학교를 졸업하자 할아버지가 중학교 진학을 반대했다. 여자가 초등학교까지 다닌 것도 감지덕지라며 중학교에는 가지 말라고 단호하게 말했다. 근자는 중학교에 다니고 싶었다.

그러나 감히 할아버지에게 중학교에 보내달라고 말할 수가 없었다. 아버지에게 부탁했지만 아버지도 할아버지의 뜻을 거스를 수는 없었다.

그 당시 큰오빠는 인천에서 직업 군인으로 근무하고 있었다. 큰오빠는 여자도 배워야 한다며 근자를 인천에 있는 당신 집으로 데리고 갔다. 근자는 큰오빠 덕분에 인천에 있는 중학교에 입학했다. 할아버지도 장손이 하는 일에 더는 반대하지 못했다.

근자는 열심히 공부했다. 성적도 좋았다. 하지만 공부보다 더 관심 있었던 건 무용이었다. 같은 학교에 무용을 잘하는 백영자라는 아이가 있었다. 영자는 한국무용을 전공했는데 학교 행사 때마다 춤을 췄다. 근자는 춤을 추고 있는 영자가 너무 부러웠다. 영자처럼 춤을 배우고 싶었다.

그러나 중학교도 할아버지 반대로 간신히 진학했는데 무용을 하고 싶다는 말을 감히 할 수 없었다. 부모님들이 "네 꿈을 펼쳐라." 하고 응원해줄 수 있는 분위기도 아니었다. 여자로 태어나서 꿈이라는 것을 꿀 수 없던 시절, 부모님이 죽으라면 죽는 시늉까지 하던 시절이었다.

백영자는 나중에 무용가가 됐다. 근자는 자신이 못 이룬 꿈을 딸을 통해 이루려고 했다. 그래서 딸에게 한국무용과 가야금을 시켰다. 그러나 딸은 무용가의 길을 걷지 않았다. 부모가 시킨다고 되는 게 아닌, 자식은 자식의 길이 있게 마련이다.

## “우리 결혼할래?”

근자는 좋은 성적으로 중학교를 졸업했지만 끝내 고등학교에는 진학하지 못했다. 이번에도 할아버지 반대가 심했다. 더 이상 할아버지의 반대를 이겨낼 수가 없었다. 앞에서 방패가 되어 주었던 큰오빠도 더는 막아줄 수가 없었다. 근자는 고등학교 입학을 포기하고 고향으로 내려왔다.

집안 분위기는 자유로웠다. 아버지는 근자가 원하는 것이라면 무엇이든 들어주었다. 영화 구경을 가겠다고 돈을 달라고 하면 아버지는 두말없이 돈을 주었다. 근자는 집 가까운 수원에 올라가 최신 개봉영화를 봤다. 그때 봤던 영화 중 아직까지 기억에 남아 있는 영화가 신영균, 김지미 주연의 ‘불나비’였다.

어릴 적 함께 놀던 동네 친구들과 커서도 함께 놀았다. 어릴 때와는 다르게 커서는 원천저수지에 가서 배를 타고 놀거나 서울 창경원에도 놀러갔다.

근자는 놀기 좋아하는 철없는 처녀였다. 나이 스무 살이 됐지만 노는 재미에 빠져 결혼 생각을 하지 않았다. 그러던 어느 날 먼 조카뻘 되는 친척이 남자를 소개시켜 주겠다고 했다.

근자는 그때 유행하던 맘보바지에 청재킷을 입고 한껏 멋을 낸 뒤 다방으로 나갔다. 마음에 안 들면 그 자리를 박차고 나갈 생각이었다. 잠시 후 조카가 한 남자와 함께 다방으로 들어왔다. 키도 훤칠했고 잘생긴 남자였다. 그가 바로 첫사랑이자 마지막 사랑인 남편 유만희였다.

근자는 만희가 첫눈에 마음에 들었다. 만희와 헤어져 집으로 왔는데 자꾸만 만희가 생각났다. 그런데 며칠 뒤 그토록 그리워했던 만희가 집으로 찾아왔다.

만희는 아버지에게 넙죽 절을 하고 나서 말했다.

"전 아버지 없이 자라서 그런지 아버님이 정말 좋습니다."

만희는 넉살이 좋았다. 누구에게나 친절하고 살갑게 구는 성격이었다. 아버지는 두 사람이 사귀는 것을 허락했다.

불같은 연애가 시작됐다. 같은 용인에 살던 두 사람은

자주 만났다. 저수지에도 놀러가고 수원으로 영화도 보러 갔다.

만희는 유쾌하고 남자다운 성격이었다. 두 사람은 주민등록상 나이가 동갑이라는 이유로 친구처럼 서로의 이름을 불렀다.

어느 겨울, 눈이 펑펑 오던 날. 그날도 두 사람은 수원에서 데이트를 했다. 두 손을 꼭 잡고 눈 오는 거리를 걷고 있는데 만희가 갑자기 걸음을 멈췄다. 만희는 부드럽고 따스한 눈빛으로 근자를 내려다보며 말했다.

"우리 결혼할래?"

근자는 그날을 평생 잊을 수가 없었다. 청혼을 받은 눈 오는 겨울의 풍경은 너무나도 낭만적이었다. 두 사람은 더 뜨겁게 연애했다. 그러던 어느 날 사고가 터졌다.

그날도 두 사람은 수원에서 만나 알콩달콩 데이트를 즐겼다. 시간 가는 줄 모르고 밤늦게까지 술을 마시다 보니 막차가 끊어졌다.

두 사람은 그날 밤을 함께 보냈다. 그 당시 또래 젊은이들은 상상도 할 수 없는 일탈이었다. 두 달 뒤에야 근자는 임신사실을 알았다.

"하늘이 노랗더라고요. 부모님한테 뭐라고 말해야 할지 막막했어요."

아무리 개방적인 성격이었지만 임신은 그녀에게 큰 부담이었다. 아버지에게 임신 사실을 전할 일이 두려웠다.

예상대로 아버지는 노발대발했다. 용서를 빌러 찾아온 만희를 허리띠를 풀러 마구 때렸다. 신랑은 말 없이 맞았고 근자는 울며불며 아버지를 말렸다. 지금 생각해보면 옛날 영화나 드라마의 한 장면 같다.

## 평생을 함께한 사업 동반자

1968년 꽃다운 나이 스물한 살 때 두 사람은 결혼식을 올렸다. 이제 더는 맘보바지를 입고 영화 구경을 갈 수 없었고 동네 친구들과 모여 앉아 깔깔대며 밤새 수다를 떨 수도 없게 됐다. 그래도 천성이 긍정적인 근자는 사랑하는 남편과 함께 살 생각에 마냥 행복했다. 앞으로 다가올 운명을 그때는 상상조차 하지 못했다.

시댁은 용인이었다. 시댁에는 시어머니와 결혼하지 않은 시동생, 형님 내외와 조카 6남매 등 대가족이 살고 있었다.

근자는 결혼 전까지 살림을 해본 적이 없었다. 밥솥에 물을 얼마나 부어야 하는지, 아궁이에 불을 어떻게 때는지, 심지어는 쌀을 씻는 법조차 몰랐다. 시어머니와 형님은 좋은 분들이어서 그런 근자에게 잔소리를 하거나 화를 내지 않고 차근차근 살림을 가르쳤다.

집안 살림은 힘들었다. 해도 해도 끝이 없었다. 결혼하면 행복이 기다리고 있을 줄 알았는데 그게 아니었다. 믿었던 남편마저 두 달도 안 돼 입대해 버리자 혼자 남겨진 새댁 근자는 밤마다 남편이 그리워 울었다.

고생 모르고 자란 부잣집 막내딸이 감당하기에 대가족 시집살이는 너무 벅차고 힘에 겨웠다. 시어머니는 철부지

며느리를 가르치느라 짜증이 날 법도 한데 따뜻하게 대했다. 어느 날 근자는 너무 서러워 엉엉 울며 시어머니에게 말했다.

"어머니, 저 집에 가면 안 돼요?"

시어머니는 근자 손에 차비 500원을 쥐어 주며 며칠 쉬다 오라고 했다. 근자는 당장 애기를 업고 친정으로 달려갔다.

친정에 오니 너무 좋았다. 숨통이 트이는 것 같았다. 먹고 싶었던 것도 마음껏 먹고 친구들과 모여 밤새 수다도 떨었다. 다시 시댁으로 돌아가고 싶지 않았다. 아무리 시어머니와 형님이 잘해줘도 시댁은 시댁이었다.

친정에 온 지 한참이 지났지만 근자는 시댁에 갈 생각을 하지 않았다. 부모님이 시댁에 가라고 했지만 근자는 꼼짝도 하지 않았다. 그러던 어느 날 시동생이 친정으로 근자를 데리러 왔다. 시어머니가 형수를 데려 오라고 시켰다고 했다. 그제야 근자는 마지못해 시동생을 따라 시댁으로 갔다.

지금 생각해보면 철없는 신부였다. 아무 준비도 없이

아기 엄마가 됐고, 아내와 며느리가 됐다. 아무도 근자에게 밥은 어떻게 하는지, 아기는 어떻게 키우는지, 시집살이는 어떻게 해야 하는지 가르쳐주지 않았다. 세상에 다시 태어난 것처럼 모든 것이 서툴고 낯설기만 했다. 어린아이가 걸음마를 배우듯 다시 처음부터 하나하나 배웠다. 시댁에 적응할 때쯤 남편이 제대했다. 그 후로 남편과 일 년 반을 시댁에서 더 살다 분가했다.

막상 분가를 했지만 이들은 가진 게 없었다. 남편은 일정한 직업이 없었고 의욕만 넘치는 젊은이였다. 일단 용인 시내에 사글세를 얻어 나왔다. 방 한 칸에 부엌이 딸린 작은 집이었다.

두 사람은 얼굴을 맞대고 마주 앉아 고민했다.

"이제부터 뭐 해먹고 살지?"

시댁에서 살 때는 고민하지 않아도 되는 먹고사는 문제에 부딪쳤다. 결혼은 꿈과 환상이 아니라 현실이라는 사실을 깨닫는 데는 그리 오랜 시간이 걸리지 않았다.

남편이 말했다.

"우리 연탄장사나 할까?"

뜬금없는 남편의 말에 근자는 무턱대고 찬성했다. 두 사람 다 그때는 현실을 너무 몰랐고 철이 없었다.

막상 연탄장사를 하려니 돈이 없었다. 근자는 할아버지를 찾아가 연탄장사를 하게 돈을 달라고 했다. 그러자 평소에는 엄하기만 했던 할아버지가 그때 돈으로 거금 5만 원을 선뜻 내주셨다.

연탄장사는 잘됐다. 두 사람이 힘을 합쳐 쉴 새 없이 연탄을 배달했다. 6년 정도 연탄장사를 하고 났을 때 남편이 싫증을 냈다. 연탄배달이 너무 힘들고 여름에는 돈을 벌 수 없다는 것이었다.

남편이 말했다.

"우리 연탄장사 집어치우고 다방 하자."

연탄장사와 다방은 너무 차이가 나는 직종이었다. 마치 냉탕과 열탕과의 차이 같다고나 할까. 다방은 이미지도 좋지 않았지만 이번에도 근자는 남편 뜻에 따랐다.

"오케이!"

남편과 함께 하는 일이면 근자는 무조건 오케이였다. 둘은 '송림다방'이라는 이름의 다방 문을 열었다.

7년 동안 별 탈 없이 다방을 운영했다. 부부가 함께 운영했기 때문에 꽤 건전한 다방이었다. 연탄배달을 할 때보다 차를 파는 다방이 훨씬 편하고 돈도 많이 벌렸다.

그러나 남편은 한 가지 일에 오래 집중하지 못했다. 일을 벌이기만 하고 뒷수습을 안 하는 스타일이었다.

어느 날 또 느닷없이 남편이 말했다.

"우리 요정할래?"

이번에는 근자도 망설였다. 요정이라면 술집이다. 커피를 파는 다방과 술을 파는 요정은 벌써 느낌이 다르다. 그러나 옆에 친구 같은 남편이 있었다. 남편과 함께라면 어떤 일이든 할 수 있었다. 이번에도 근자는 남편이 하자는 대로 요정을 차렸다.

요정은 다방보다 훨씬 힘들었다. 일단 규모부터 달랐다. 다방에서는 차를 마시는 사람만 상대하면 됐지만, 요정에서는 술에 취한 사람들까지 상대해야 했다. 단골손님을 상대하기 위해서는 손님이 주는 술도 받아 마셔야 했다.

요정을 하는 동안 돈은 많이 벌 수 있었지만 몸과 마음이 지쳐갔다. 근자가 손님에게 술을 받아 마실 때마다 남편이 화를 냈다. 먼저 요정을 하자고 한 사람이 남편이었는데도 남편은 아내를 이해하지 못했다. 두 사람 관계는 점점 나빠졌다.

더 큰 문제가 있었다. 바로 아이들 문제였다. 두 사람은 딸 셋 아들 하나, 4남매를 두었다. 부부가 바깥일을 하는 동안 아이들을 제대로 돌볼 수 없었다. 아홉 살짜리 큰딸이 밥을 해먹고 학교에 다녔는데, 일하고 돌아오면 그 어린 것이 밥을 해서 아빠 엄마 밥그릇을 아랫목에 묻어두곤 했다. 아이들을 돌보며 할 수 있는 일을 해야 했다. 결국 요정을 차린 지 4년 만에 문을 닫았다.

이번에는 근자가 요구했다.

"우리 요구르트 대리점 하자."

남편도 동의했다.

요구르트 대리점은 사람을 많이 상대하지 않아 사람들

로부터 받는 스트레스는 거의 없었다. 새벽에 다방에 요구르트를 배달하고 저녁에 수금하면 되는 일이라 남는 시간도 많았다.

두 사람은 이번에도 열심히 일했다. 수입도 제법 좋았다. 그런데 뜻하지 않은 문제가 또 터졌다.

근자가 복막염에 걸려 수술을 했는데, 남편 혼자 일을 하다 보니 아무래도 문제가 생겼다. 특히 놀기 좋아하고 호탕한 남편이 수금한 돈을 제대로 관리하지 못했다. 수금한 돈으로 다방 아가씨들한테 커피 사 주고, 술집 가서 쓰고 집에는 빈손으로 돌아오기 일쑤였다. 결국 요구르트 대리점도 오래 하지 못했다.

얼마 후 시동생이 갈빗집을 크게 하다 망해서 새 주인을 찾고 있었다. 망한 집이라 잘될 턱이 없었지만 부부는 그 갈빗집을 인수했다. 열심히 하면 유지는 할 수 있을 거라고 생각했다. 그러나 얼마 못 가 갈빗집도 문을 닫아야 했다.

연탄장사부터 시작해서 다방, 요정, 요구르트 대리점, 갈빗집까지 여러 직종의 사업을 남편과 함께했다. 부부라기보다는 일종의 동업자와 같은 관계였다. 이렇게 여러 가지 일을 함께할 수 있었던 것은 두 사람 모두 서로를 믿고 인정했기 때문이었다.

아내는 남편이 하는 일에 반대하지 않고 순순히 따랐고, 남편 또한 아내가 하는 일에 무조건 동참했다. 함께 일하는 동안 때로는 투닥거리며 싸움도 했지만 기본적으로 두 사람은 서로에게 잘 맞추는 훌륭한 동업자였다.

"남편이 나가서 바람을 피우든 무슨 짓을 하든 전혀 신경 쓰지 않았어요. 어차피 헤어지지 않고 살 거면 모르는 척 하는 게 나를 위해서 낫다고 생각했으니까요. 결혼은 두 사람만 하는 게 아니잖아요. 자식들도 있고 양쪽 집안도 있고, 또 사회적 위치도 있기 때문에 헤어진다는 건 꿈도 꾸지 못했어요."

지금 사람이 들으면 절대 이해 못할 말이지만 근자는 평생을 그렇게 생각하며 살았다. 그러니 자잘한 다툼은 있어도 큰 갈등은 없었다.

갈빗집을 마지막으로 두 사람의 동업자 관계는 끝이 났다. 남편은 국회의원 보좌관 일을 하기 시작했고 그 뒤에는 신문사에 입사해 기자로 일했다. 근자는 가정으로 돌아가 그동안 돌보지 못했던 아이들을 돌봤다. 두 사람 모두 각기 나름대로 제2의 인생을 시작한 셈이었다.

이제 안정을 찾았나 싶었던 그때 남편이 아프기 시작했다. 식당을 할 때부터 몸이 아팠는데 쉰 살이 되자 당뇨 합병증이 와서 목에 구멍 뚫고 호스로 영양을 공급해야 하는 지경에까지 이르렀다. 신장도 안 좋아 정기적으로 투석도 해야 했다.

한 달에 두 번씩 병원에 다니면서도 남편은 의연했다. 계속되는 수술에도 남편은 굴하지 않고 오히려 더 열심히 살았다. 근자는 남편이 아플 때마다 병원에 데리고 갔다. 그리고 언제 죽을지 몰랐기 때문에 남편이 하고 싶은 일이면 뭐든 원 없이 하라고 남편을 적극 지원했다.

그렇게 21년 동안 투병생활을 하던 남편은 마지막으로 아내에게 "근자야." 대신 "여보야."라고 불렀다.

그때는 남편이 죽으면 어떻게 살지 눈앞이 막막했다. 아파도 좋으니 살아만 있어도 좋겠다고 생각했다. 남편이 죽은 지 4년이 흐른 지금, 근자는 행복한 여생을 보내고 있다. 하늘에 있는 남편이 내려다보며 이렇게 말할 것만 같다.

"근자야. 네가 행복하니까 나도 참 좋다. 고마워, 근자야."

## 성격이 운명이다

20여 가구가 모여 있는 작은 시골마을. 마을 입구에는 작고 예쁜 예배당이 서 있다. 일요일이면 어김없이 예배당에서 종소리가 들려온다. 마을 어느 집 잔치가 있으면 마을 사람들이 모두 모여 잔치 준비를 하고 함께 즐긴다. 기쁜 일은 물론, 슬픈 일도 함께 나누는 가족과 같은 마을이다.

식당을 할 때 근자는 남편 몰래 계를 부었다. 제법 큰돈이었다. 어느 날 남편에게 계를 들켰다. 큰돈이 있는 것을 안 남편이 집을 짓자고 했다. 이번에도 근자는 남편 의견에 따랐다.

두 사람은 예쁜 전원주택을 지었다. 이곳에서 딸 셋, 아들 하나와 여섯 식구가 행복하게 살았다. 딸들이 결혼해 집을 떠난 뒤 한동안 집안이 적적했다. 그런데 남편이 병원에 입원해 있는 동안 둘째딸 내외가 근자를 돕기 위해 집에 들어와 살기 시작했다. 그때 어렸던 손자들이 지금은 다 커서 어른이 됐다. 맞벌이 하는 딸 내외를 대신해 근자가 손자들을 키웠다.

손자들은 아들처럼 든든하다. 할머니가 조금이라도 힘든 일을 하면 난리가 난다. 한번은 고추 심을 때가 됐는데 군대에 가 있는 손자한테 전화가 왔다.

"내가 휴가 나가서 고추 심을 테니까 할머니는 절대 심지 마. 알았지?"

손자의 전화를 받고 근자는 가슴이 뻐근하도록 좋았다.

딸과는 친구처럼 지낸다. 딸이 손톱에 예쁜 매니큐어도

살아온 세월이 왜 힘들지 않았을까. 그래도 성격이
낙천적인 근자는 평생 좋았다고 말한다. 그리고
지금도 좋다고 말한다. 남편이 없는 세상에서 혼자
너무 행복해서 미안하다고 할 정도로. 근자는 이렇게
살다 어느 날 잠 자다 남편 곁으로 가고 싶다.

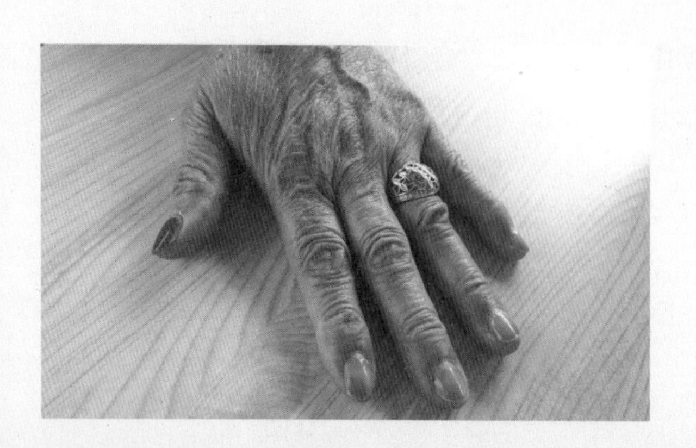

발라주고 같이 다이어트도 한다.

사돈끼리 여행도 자주 간다. 사돈이 모두 넷인데 다 남편을 일찍 보내고 혼자다. 어렸을 때 함께 놀던 동네 친구들 같다. 나이 든 여자 넷이 모여 친구처럼 수다 떠느라 모이면 시끄럽다.

성격이 곧 운명이라는 말이 있다. 긍정적인 사람은 어떤 나쁜 상황에서도 좋은 생각을 한다. 반면 부정적인 사람은 어떤 좋은 상황이 와도 부정적인 생각만 한다. 똑같은 상황에서 어떤 사람은 행복하고 어떤 사람은 불행하다.

근자는 어려서부터 밝고 명랑한 사람이었다. 천성이 금방 다려놓은 쫙 펴진 옷감처럼 구김이 없었다. 어려서부터 풍족한 집안 환경 탓도 있었지만 성격 자체가 낙천적이고 긍정적이었다. 남편이 21년이나 병을 앓을 때도 힘든 내색을 하지 않았다. 하는 일마다 족족 망할 때 보통 사람들 같으면 드러누웠을 것을 근자는 그때마다 툭툭 털고 일어났다.

"지금 생각해보면 애 젖 먹일 때가 행복했네요. 고물고

물 자라는 거 보는 게 좋았어요. 신랑 병원 다닐 때도 좋았네요. 힘은 들었어도 그때 남편이 옆에 있었으니까. 그런데 지금도 좋아요. 속 썩이는 사람 없고 딸들과 사위들, 조카들도 다 잘해주니까요."

한평생 안 좋았던 때가 없었다. 힘들면 힘든 대로 좋았고, 즐거우면 즐거운 대로 좋았다. 72년 전 생애가 다 좋았다.

그녀는 행복하게 사는 비결이 특별하지 않다고 말한다. 짜증이 나면 짜증을 내고, 슬프면 울고, 기분 좋으면 웃고 사는 것. 매사에 감사하고 긍정적으로 사는 것. 자연의 순리에 거스르지 않고 순리대로 사는 것이 바로 행복하게 사는 법이라고 생각한다.

이렇게 낙천적인 근자에게도 소원이 있을까?

"자식들 고생 안 시키고 죽는 거요. 사는 날까지 살다가 내가 감당할 수 있을 만큼만 아프다가 죽고 싶어요. 밤에 자다 죽으면 제일 좋을 거 같아요. 자식들이 와서 "어머, 우리 엄마 죽었네." 하고 말하는 그런 죽음이 됐음 좋겠어요."

그녀는 오랫동안 남편 병 뒷바라지를 하면서 그 고통이 얼마나 깊은지 너무나 잘 알고 있다. 아픈 사람도 아픈 사람이지만 곁에 있는 사람도 함께 아픈 것을 그녀 자신이 너무나 잘 안다. 하물며 나이 든 부모의 병수발이라니. 그녀는 자식들에게는 그런 고통을 절대로 물려주고 싶지 않다.

그녀는 자식들 고생시키지 않고 건강하게 살기 위해서 끊임없이 노력한다. 매일 수영을 다니며 체력을 기르고, 텃밭에 고구마, 감자, 옥수수, 고추 같은 채소를 키워 건강한 먹거리로 삼고 소일거리도 삼는다.

음식은 가리지 않고 아무거나 잘 먹지만 건강을 위해 소식을 한다. 앞으로 얼마 동안 더 살지 모르지만 그녀는 사는 그날까지 기쁜 마음과 긍정적인 마음으로 딱 지금처럼 행복하게 살 생각이다. 그러다 어느 날 잠자리에서 그대로 남편 곁으로 가길 원하며.

# 70 넘은 지금도 현역,
# 행복하고 좋다

**윤재구** 1947년생(호적에는 1950년)

“ 한 많은 세상을 살다 가신 어머니. 어머니는 가난했지만 강했다. 재구는 어머니처럼 행복한 가정을 꾸리고 싶었다. 그리고 지금은 그 바람대로 이루어졌다. 착한 남편을 믿고 지지하는 아내를 만나 행복한 가정을 꾸렸다. ”

단장斷腸, 창자가 끊어진다는 말로 마음이 몹시 슬프다는 뜻의 한자어다. ≪세설신어≫ 출면 편에는 다음과 같은 이야기가 나온다.

진나라 환온이 촉을 정벌하기 위해 여러 척의 배에 군사를 나누어 싣고 양쯔강 중류의 협곡인 삼협이라는 곳을 지나게 되었다. 이곳은 험하기로 유명한 곳이었다. 한 병사가 새끼 원숭이 한 마리를 잡아왔다.

그런데 어미 원숭이가 배를 쫓아오며 슬피 울었다. 무려 백 리를 쫓아오던 어미 원숭이는 좁아지는 강어귀에서 몸을 날려 배 위로 올라왔다. 하지만 어미 원숭이는 배에 올라오자마자 죽고 말았다. 새끼를 구하겠다는 일념으로 애를 태우며 달려와 지쳐서 죽은 것이다. 병사들이 죽은 어미 원숭이 배를 가르니 창자가 토막토막 끊어져 있었다.

재구는 지금도 어머니를 생각하면 가슴 한쪽이 아릿하다. 젊은 어머니는 곱디 고왔다. 화사하게 미소를 지을 땐 아름다운 선녀 같았다. 그런 어머니가 창자가 끊어지는 고통을 세 번이나 겪었다.

어머니는 전쟁으로 남편을 잃었고 사고로 셋째 아들을 잃었다. 세상에 둘도 없이 효자였던 첫째 아들도 심장마비로 잃었다. 단장의 고통을 세 번이나 경험했던 어머니 심정을 감히 누가 헤아릴 수 있을까?

## 어머니는 강했다

재구는 3남 1녀 중 둘째로 태어났다. 아버지는 면장을 지내다가 금광에 다녔다. 어머니는 자식들에게 아낌없는 사랑을 베푸셨다. 형제들은 서로 의가 좋았고 집안 분위기는 화목했다. 집안에 불행이 닥치기 시작한 건 6.25 전쟁 때부터였다.

1947년생인 재구가 네 살 때 6.25 전쟁이 터졌다. 아버지가 일하던 금광은 전쟁 군수물자를 대는 곳이었다. 전쟁이 터지자 그곳에서 일하는 사람들이 노무대에 끌려갔다. 남편을 전쟁터에 보낸 어머니는 자식들을 굶기지 않으려고 온갖 고생을 다했다. 모진 고생 속에서도 어머니는 전쟁이 끝나 남편이 돌아오기만을 손꼽아 기다렸다.

그러나 아버지는 유골로 돌아왔다. 그때 어머니 나이 서른네 살이었다. 서른네 살에 어머니는 혼자가 됐고, 네 아이를 먹여 살려야 하는 가장이 됐다. 어머니는 올망졸망한 아이들을 보며 절망했지만, 그 아이들을 보며 절망을 이겨냈다. 언제까지 가슴을 쥐어뜯고 있을 수 없었다.

어머니는 먹고 살기 위해 안 해본 일이 없을 정도로 고생을 했다. 거름항아리를 이고 밭에 가서 뿌렸고, 남의 집에 가서 허드렛일을 했다. 시어머니와 함께 잔칫집에 가서 음식을 만들어주고, 삯바느질을 했다. 돈이 되는 일이라면 무엇이든 했다.

부잣집에서 온실 속 화초처럼 귀하게 자랐던 어머니는 혼자 자식들 키우며 먹고 사는 생존 앞에서 그 누구보다 강한 전사가 됐다. 겨우 남편을 잃은 고통을 이겨낼 때쯤 두 번째로 창자가 끊어지는 고통이 찾아왔다.

집에 큰 미루나무가 있었다. 나무가 너무 커서 미루나무를 베어 버렸다. 밑둥까지 바짝 잘랐음 좋았을 것을, 나무는 중간쯤에 잘려졌다. 잘린 나무 위로 당시 다섯 살이던 동생은 곧잘 올라가 놀았다. 그런데 어느 날 갑자기 나무 기둥이 쓰러졌다. 동생은 미처 피하지 못하고 그 밑에 깔려 죽었다.

아들의 주검을 본 어머니는 팔짝팔짝 뛰었다. 가슴을 쥐어뜯으며 울부짖었다. 둘째였던 윤재구는 졸지에 막내가 됐다. 어머니는 오랫동안 아들을 잃은 슬픔을 이겨내지 못했다.

그래도 어머니는 다시 일어났다. 자식들이 애비 없는 후레자식 소리를 듣지 않게 하려고 엄하게 가르쳤다. 자신은 온갖 허드렛일을 하면서도 자식들은 어디 가서도 기죽지 않게 당당하게 키웠다.

어머니는 교육열이 강했다. 어떻게 해서든 자식들은 배워야 산다고 생각해 학교에 보냈다. 자식들도 그런 어머니의 뜻을 따라 바르게 컸다. 자식들 모두가 효자효녀였지만 그중에서도 형의 효심은 동네에서 소문이 자자할 만큼 깊었다. 형은 용인시가 용인군이었을 당시 군수로부터 효자상을 두 번이나 받았다.

세상에 둘도 없을 만큼 효자였던 형이 45세 되던 해인 1976년 급작스럽게 심장마비로 사망했다. 어머니는 이번에는 까무러쳐 오래도록 깨어나지 못했다.

## 고등학교 졸업 후 대기업 입사까지

아버지도 잃고 동생도 잃었지만 재구는 구김살 없이 자랐다. 공부도 열심히 했다.

중학교 시절은 수업보다 수업 외에 했던 일들이 더 기억에 남았다. 여름이 되면 학교에 있는 나무에 송충이가 들끓었다. 학교에서는 수업시간에도 아이들에게 송충이를 잡으라고 시켰다. 재래식 화장실에서 인분을 퍼서 거름을 만드는 일도 시켰다. 겨울에는 교실 난로 연료로 쓰기 위해 솔방울을 따러 산에 올라갔다.

수업시간에 송충이를 잡고 인분을 퍼 나르고 솔방울을 따러 다니는 것은 지금 아이들로서는 상상도 못할 일이다. 하지만 그때는 지방의 모든 학교에서 일상적으로 벌어지던 일들이었다.

당시 대부분의 학생들은 월사금을 못 냈다. 담임은 월사금을 못 내는 학생들을 때리거나, 복도에서 하루 종일 손을 들고 벌을 서게 했다.

재구는 아버지가 전쟁에서 전사한 국가 유공자 자녀였다. 유자녀는 학비가 면제됐다. 월사금을 내지 않아도 됐지만 원호 체계가 제대로 잡혀 있지 않아 혜택을 받지 못했다.

재구도 월사금이 밀려 많이 맞았지만 꿋꿋하게 학교에 다녔다. 어떤 일이 있어도 공부를 포기할 수는 없었다. 재구가 열심히 공부한 이유는 작은아버지 영향도 있었다.

아버지는 모두 4형제였는데 형제들 모두 공부를 많이 했다. 사람들이 땅을 사 모을 때 파평 윤씨 자손들인 아버지 형제들은 오로지 학문에만 정진했다. 집안 대대로 서당에서 훈장을 한 조상들이 많았다. 작은아버지는 일본 도쿄대학에 유학을 갔다 온 뒤 고등학교 교장까지 역임했다.

중학교를 졸업한 재구는 수원에 있는 수성 고등학교에 입학했다. 어려운 가정형편에 학업을 계속하기가 미안했지만 할머니와 어머니의 응원 속에 학업을 계속할 수 있었다. 학교 근처에서 자취를 했는데 할머니가 와서 밥을 해주었고 어머니와 형님이 일을 해서 학비와 생활비를 보내주었다.

할머니와 어머니, 형님의 지극한 보살핌 속에 재구는 고등학교를 졸업하고 모두에게 선망의 대상인 대기업 삼성에 입사했다.

## 결혼하고 싶은 마음은 딱 반

재구는 훤칠한 키에 호남형 얼굴로 회사에서 인기가 많았다. 말주변도 좋아 주변 사람들을 즐겁게 했다. 그는 주말이면 선을 보러 다니느라 바빴다. 주변에서는 결혼하라고 성화였지만 재구는 결혼을 하고 싶은 마음과 하고 싶지 않은 마음이 반반이었다.

그는 누군가의 남편으로 살아갈 자신이 없었다. 어머니를 생각하면 더 그랬다. 평생 자식들 때문에 고생한 어머니를 생각하면 어느 여자를 데려다 고생을 시킬까, 두려웠다. 그런 마음이었으니 선을 볼 때마다 어긋났다.

언젠가는 한 여자 전도사가 여자를 소개한 적이 있었다.

그러나 재구는 소개받은 여자보다 중간에서 소개를 한 여자 전도사가 마음에 들었다.

한번은 이종사촌 누나가 한 여자를 소개했다. 마장동 종다방에서 만나기로 한 그날, 양복을 빼입고 버스를 타고 약속장소로 나갔다. 그런데 버스에서 지갑을 소매치기 당하고 말았다.

종다방에서 여자를 만나 커피를 마실 때까지도 그 사실을 몰랐다. 커피를 다 마시고 돈을 내려는데 지갑이 없었다. 당황해서 식은땀이 났다. 여자에게 잠깐 기다려 달라고 말하고 밖으로 나와 아는 동생에게 빌려 다방으로 갔다.

그런데 여자가 이미 돈을 낸 뒤였다. 그 뒤 여자에게 몇 번 연락이 왔지만 재구는 그 여자를 만나지 않았다. 자존심이 상했다. 지금 생각해 보면 그깟 일로 자존심이 상할 이유가 없었지만 그때의 그는 가진 거라고는 자존심 하나밖에 없는, 조금은 도도한 청년이었다.

세월이 흘러 재구의 나이도 어느 덧 스물여덟 살이 됐

다. 수원에 대고모가 살고 있었는데 재구는 혼자 자취를 하며 식사는 대고모네 집에 가서 해결했다. 어느 날 대고모 집에서 밥을 먹고 있는데 마실 온 손님이 재구를 뚫어져라 바라보았다.

그 여자가 대고모에게 물었다.

"저 사람은 누구요?"

"내 조카라오."

"결혼은 하셨소?"

"아니오."

"저렇게 키 크고 잘생긴 총각이 왜 결혼을 안 했을까요?"

"어디 참한 색시감 있으면 소개하시오."

"그렇지 않아도 지금 저 총각을 보니 생각 나는 색시감이 있어요."

그 여자는 지금은 그의 아내가 된 향순 집에서 일을 하던 사람의 부인이었다. 손님이 대고모에게 중매를 하겠다고 했다. 대고모는 그 자리에서 좋다고 했다.

정작 당사자인 재구는 결혼할 생각이 전혀 없었다. 여러 여자를 만나봤지만 함께 평생을 살아야겠다고 생각한 여자는 없었다. 선을 보러 다니는 것도 지겨웠다.

중매쟁이는 즉시 처녀 집이 있는 화성으로 내려가 처녀의 어머니를 만났다. 중매쟁이는 처녀를 '아씨'라고 불렀는데 아씨에게 어울릴 만한 신랑감을 찾았다고 호들갑을 떨었다.

혼담이 오고갔다. 대고모가 처녀를 만나보라고 했지만 재구는 싫다고 했다. 처녀의 키가 작다는 말에 더 마음이 내키지 않았다. 외삼촌과 외숙모까지 나서서 만남을 주선했지만 재구는 계속 거절했다. 그러나 계속 거절할 수 없는 이유가 생겼다.

작은아버지가 고등학교 교장으로 있던 그 학교에 처녀의 사촌오빠가 교사로 근무하고 있다고 했다. 그 말을 전해들은 재구는 난처했다. 작은아버지는 재구에게 아버지와 같은 존재였다. 어려서부터 제사를 지내러 큰집에 가면 작은아버지는 재구 형제를 어른으로 대접해줬다. 아버지 형제들이 모인 자리에 재구 형제는 아버지를 대신해 어른들과 자리를 함께했다.

처녀 사촌오빠가 작은아버지 학교 교사라는 말에 재구는 부담을 느꼈다. 무시하면 그만이었지만 자꾸 신경 쓰였다. 재구는 하는 수 없이 대고모에게 처녀를 만나겠다고 했다. 대고모는 신이 나서 바로 만날 날짜와 장소를 정했다.

## 한겨울, 운명의 그녀를 만나다

눈이 펑펑 오는 어느 겨울날이었다. 재구는 대고모와 함께 터미널에서 눈을 맞으며 처녀를 기다렸다. 하지만 약속시간이 지났는데도 처녀가 오지 않았다.

"이상하네. 분명히 용인에서 올라오는 버스를 타고 오겠다고 했는데……."

함께 기다리던 대고모가 안타까워했다. 재구는 짜증이 났다. 당장 집으로 돌아가고 싶었지만 추위에 떨며 기다리고 있는 대고모를 보고 참았다.

한 시간이 지나도 처녀가 오지 않자 재구는 드디어 화가 머리끝까지 났다.

"그만 집에 갈래요."

"조금만 더 기다려보자, 응?"

"이제 못 기다리겠어요."

재구는 투덜거리며 발길을 돌렸다. 대고모도 하는 수 없이 재구 뒤를 따라왔다.

그 당시 수원에는 터미널이 두 개 있었다. 용인에서 올라오는 버스는 신풍동 터미널에서 정차했고, 화성에서 올라오는 버스는 수원 남문 터미널에서 정차했다. 재구와 대고모는 신풍동 터미널에서 기다리고 있었다. 신풍동 터미널에서 내려오면 남문 터미널을 지나가게 돼 있었다.

두 사람이 남문 터미널 앞을 지나가는데 키가 작은 여자가 눈 속에서 오돌오돌 떨고 있었다. 오늘 만나기로 한 그 처녀였다. 처녀의 이름은 송향순. 이야기가 오고 가는 도중 전달이 잘못돼 서로 다른 곳에서 기다린 것이다.

재구는 미안함과 안쓰러움에 어쩔 줄 몰랐다. 저 작고 왜소한 여자가 추위에 떨며 기다리고 있었을 생각을 하니 너무나 안타까웠다. 자신은 투정을 부리고 화를 냈지만 향순은 오히려 재구 일행에게 미안해했다.

재구는 새빨갛게 언 향순의 뺨을 보며 이 여자와 결혼해야겠다고 마음먹었다. 그동안 다른 여자들을 만났을 때 느끼지 못했던 감정이었다. 향순은 첫눈에 남자가 마음에 들었다. 자칫하면 어긋날 뻔했던 만남이 평생의 운명으로 이어지는 순간이었다.

결혼 이야기가 나오자 모든 일이 일사천리로 진행됐다. 장모님과 대고모가 용인에 있는 재구의 집을 방문했다. 장모님이 살고 있던 경기도 화성에서 용인까지 지금은 그리 먼 거리가 아니었지만 교통이 불편했던 그 당시에는 꽤 멀고 힘든 여정이었다.

그날은 폭설이 내렸다. 비포장도로에 하루에 몇 번 안 다니는 버스를 타고 오느라 장모님과 대고모의 고생이 이만저만이 아니었다. 곱게 한복을 차려입은 대고모는 눈 쌓인 비탈길을 힘겹게 오르는 버스 안에서 거의 실신할 지경으로 지쳐 버렸다.

대고모는 눈길을 걷느라 꽁꽁 언 발을 운전석 옆에 있는 히터 위에 올려놓고 녹였다. 버스는 비탈길을 굽이굽이 돌아 겨우 재구가 사는 동네에 섰다. 대고모와 장모님은 버스에서 내려 또다시 발이 푹푹 빠지는 폭설 위를 걸었다.

나중에 재구네 집에 도착해서야 대고모는 신발이 벗겨져 버선발인 것을 알아차렸다. 눈길을 걷느라 고무신이 빠져버린 것도 몰랐던 것이다.

먼길을 힘들게 온 손님을 맞이하느라 집안은 부산했다. 어머니와 형님은 집 안팎을 깨끗이 청소했다. 집에 도착한 장모님은 내심 놀랐다. 가난하다는 말은 들었지만 막상 와서 보니 집은 고개를 숙이고 들어가야 할 만큼 초라했다. 집이라기보다는 움막 같았다. 신부네 집은 화성시 마도면에서 내로라하는 부자였다. 두 집이 차이가 나도 너무 심하게 났다.

장모님은 집안을 둘러봤다. 집은 비록 가난했지만 옷과

이부자리 같은 세간은 정갈했다. 신랑감 어머니는 교양과 기품이 있어 보였다. 형님이 밥상을 내왔다. 반찬이라야 고작 김치가 전부였지만 김치 맛을 본 장모님은 깜짝 놀랐다. 신기하게도 김치 맛이 당신네 집 김치맛과 똑같았다. 식사 후에 내온 수정과 맛도 깔끔했다.

장모님은 어머니를 깍듯하게 모시는 효자 형님과 솜씨 좋은 어머니, 거기다 김치 맛을 보고 결심했다. 두 사람을 결혼시키자.

## 우여곡절 끝에 올린 결혼식

이번에는 재구가 신부 집에 초대받았다. 가족에게 인사를 드리러 가는 자리였다. 재구는 가지고 있는 옷 중에서 가장 좋은 양복을 빼입고 한껏 멋을 냈다. 처갓집이 부자라는 얘기를 듣고 절대 기죽지 말자고 내심 마음을 단단히 먹었다.

화성에 있는 처갓집은 고래등같은 기와집이었다. 대문을 들어서기도 전에 기가 죽었다. 자리에 앉아 있으려니 상다리가 부러질 것 같은 상을 내왔다. 김치 반찬뿐이었던 자신의 집과는 너무도 차이가 나는 상이었다. 절대 기죽지 않겠다고 결심했지만 재구는 바늘방석에 앉은 것처럼 그 자리가 불편했다.

식사 시간이 되자 식구들이 둘러앉았다. 신부 언니와 동생들이 형부될 사람을 보러 왔다. 재구 맞은편에는 처외삼촌이 못마땅한 얼굴로 재구를 노려보고 앉아 있었다. 처외삼촌은 재구보다 한 살이 많았는데 두 사람의 결혼을 결사 반대했다.

처외삼촌은 그놈이 썩은 물건인지 강원도 산골 촌놈인지 어떤 놈인지도 모르고 조카를 시집보내려고 하느냐고 누나를 나무랐다. 재구는 기분이 좋지 않았다. 그동안 자존심 하나로 버티고 살았는데 노골적으로 싫어하는 기색이 역력한 처외삼촌 앞에서는 차마 고개를 똑바로 들 수 없었다.

장모님이 음식을 들라고 권했다. 재구는 음식 대신 상 위에 있는 술에 자꾸 눈이 갔다. 장모님은 막걸리와 동동주를 기가 막히게 잘 만들었다. 그날도 장모님이 만든 막걸리와 동동주가 상 위에 올라와 있었다.

재구는 평소 많이 마시지는 않지만 술을 좋아했다. 그러나 대고모님이 "우리 재구가 술 담배도 안 하는 건실한 아이"라고 자랑을 해놓은 터라 선뜻 술을 마시지 못했다. 간신히 술을 참고 있는데 처외삼촌이 반말로 약을 올렸다. 지금은 다 잊어서 기억이 나지 않지만 그 당시 재구는 처외삼촌의 말에 자존심이 상했다. 마침 장모님이 술을 한 잔 따라줬다. 재구는 더는 참지 못하고 술을 마셔 버렸다.

재구는 아버지 대신 작은아버지에게 술을 배웠다. 점잖게 술을 배웠기 때문에 한번도 술 먹고 사고를 친 적이 없었다. 장모님은 술을 계속 따라줬다. 처외삼촌도 술을 따라주면서 한마디씩 툭툭 던지는데 여전히 그를 약오르게 하는 말투였다.

따라주는 대로 계속 술을 받아 마시다 보니 적잖이 술

이 들어간 상태. 마음속에 화도 나 있겠다, 재구는 취할 만한 상황이었다. 그러나 긴장한 탓인지 그는 전혀 취하지 않았다.

나중에 안 사실이지만 처외삼촌이 반말로 약을 올린 건 신랑감의 인내력을 시험해보기 위해서였다고 했다. 처외삼촌이 아무리 약을 올려도 재구는 꾹 참았다. 술을 많이 마셨지만 대문 밖으로 나올 때 넘어진 것 외에는 아무 실수도 하지 않았다. 그토록 결혼을 반대하던 처외삼촌은 그날 조카사윗감으로 재구를 합격시켰다.

처갓집에서 나오니 밖이 깜깜했다. 향순은 걱정이 가득한 얼굴로 재구를 배웅했다. 술에 취한 재구가 밤중에 집에까지 무사히 갈 수 있을지 걱정이 됐지만 차마 자고 가라는 말은 하지 못했다.

재구는 집에 가는 버스가 끊어져 근처에 있는 누나네 집에 가서 자려고 택시를 탔다. 그런데 택시에서 내리고 보니 상엿집이었다. 상엿집은 보통 산 속에 있었고 사람이 죽으면 무덤까지 싣고 가는 상여를 보관해두는 집이었다. 아이

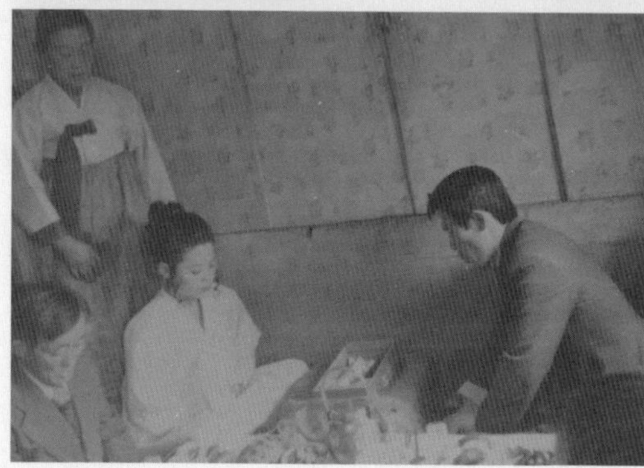

재구는 가난했지만 패기만만한 청년이었다.
자존심도 강했다. 부잣집 귀한 딸이었던 아내는
재구를 믿고 존경했다.

들은 낮에도 상엿집 근처에만 가도 무서워서 벌벌 떨었다.

재구는 술에 취해 행선지를 잘못 말했고, 택시 운전사도 재구가 행선지를 몰라 횡설수설하자 상엿집에 내려주고 가버린 것이다. 재구는 결국 새벽 3시가 넘어 간신히 누님 집에 도착했다. 그날 그는 인생에서 최악의 밤을 보냈다.

처가댁 방문 이후 재구와 향순의 사랑은 더욱 깊어졌다. 두 사람은 자주 만날 수 없어 편지를 주고받으며 사랑을 키워갔다. 처갓집에서 약혼식을 치렀는데 이때는 사위 대접을 받으며 당당하게 술을 마셨다.

약혼식을 치른 뒤 예비신부는 재구 자취방에 올라와 함께 지냈고, 다음 해에 결혼식을 올렸다. 재구 나이 29세, 신부 나이 26세였다.

그 당시 수원에는 큰 예식장이 두 개였다. 그런데 한 곳이 불이 나는 바람에 한 곳으로 예식이 몰렸다. 재구가 결혼식을 하는 날에 예식장은 더 정신이 없었다. 신랑신부가 뒤섞였고 피로연 식당도 자리가 없어 하객들끼리 아우성이었다.

우여곡절 끝에 결혼식을 올리고 두 사람은 남문시장에서 포목점을 크게 하고 있는 처삼촌이 얻어준 방에서 신혼살림을 차렸다. 결혼식을 치른 뒤 얼마 안 돼 큰아들 병현이를 낳았다. 요즘 말로 속도위반이지만, 약혼식을 치르고 함께 살았으니 당연하기도 했다.

## 아내와 함께 느타리버섯 농사를

자유로운 영혼을 가진 신랑과, 착하고 조용한 신부의 신혼생활은 알콩달콩 소꿉장난 같았다. 부부는 살림밑천 딸을 낳고 아들도 낳았다. 그러나 아무것도 없이 시작한 결혼생활은 몇 년이 지나도 나아지지 않았다. 재구는 고향에 내려가 사업을 하고 싶어 했다. 틀에 박힌 조직생활이 적성에 맞지 않았고 무엇보다 도시 생활이 싫었다.

두 사람은 의논 끝에 당분간 아내는 아이들을 데리고 친정에 가 있고 재구는 고향 용인으로 돌아가 터를 잡기로

했다.

고향집으로 돌아온 재구는 그동안 모은 돈으로 소를 사서 기르기 시작했다. 의욕은 하늘까지 닿을 듯 높았지만 현실은 차디찬 지하실이었다. 소를 키우는 일은 그리 녹록치 않았다. 몸도 힘들었지만 신경 쓸 일이 한두 가지가 아니었다.

사료 값이 오르거나 소고기 값이 폭락하면 이익은커녕 손해만 봤다. 무엇보다 무서운 건 전염병이었다. 큰 꿈을 갖고 시작한 일이었지만 얼마 지나지 않아 소 키우는 일을 포기할 수밖에 없었다.

다음에 시작한 일은 느타리버섯 농사였다. 느타리버섯 농사는 긴 인내의 시간이 필요했다. 버섯이 자라기를 기다리는 동안 아내와 아이들이 그리웠다. 가족은 함께 살아야 하는데 떨어져 사는 게 무슨 의미가 있는지 의문이 들기 시작했다.

그는 아내에게 굶어도 함께 굶고, 고생을 해도 함께하자고 했다. 아내가 아이들을 데리고 용인으로 왔다. 헤어질

때 젖먹이였던 둘째가 아장아장 걸어 다녔다. 2년 만에 가족이 모여 비로소 함께 살게 됐다.

집은 허름하기 짝이 없었다. 겨울에는 황소바람이 쌩쌩 들어왔고 여름에는 비가 들이쳤다. 재구는 고래등같은 기와집에 살던 아내를 이렇게 초라한 집에서 살게 하는 게 미안했다. 하지만 아내는 불만이 전혀 없었다. 잔소리를 하지도 않았고 짜증 한번 내지 않았다. 재구는 그런 아내한테 미안하고 고마워 더 열심히 일했다.

버섯이 다 자라자 재구는 아내와 함께 느타리버섯을 경운기에 싣고 수원에 가서 팔았다. 장사가 잘될 때는 다 팔았지만, 장사가 안 될 때는 버섯이 남았다. 팔지 못한 버섯을 싣고 한밤중에 집으로 돌아올 때면 아내는 옆자리에 앉아 소리 없이 울었다. 하루가 지난 버섯은 상품가치가 떨어져 내다팔 수 없기 때문이다.

느타리버섯 농사만으로는 생활이 힘들었다. 재구는 농사짓는 틈틈이 집 짓는 곳에 가서 잡일을 했다. 하루 일당이 8천 원이었다.

그 당시 서울은 개발 바람이 불어 곳곳에 옛집을 허물고 아파트를 지었다. 보존 가치가 있는 한옥은 그대로 시골로 옮겨다 지었는데, 서울에서 가까운 용인에는 그렇게 옮겨 짓는 한옥이 많았다.

재구는 사람들을 유쾌하게 만드는 능력이 있었다. 아무리 힘든 공사판에도 재구가 있으면 분위기가 좋아졌다. 일자리도 많고, 재구를 찾는 곳이 많다 보니 일감은 끊이지 않았다.

그는 잡부로 일하면서 틈틈이 어깨 너머로 목수들이 한옥 짓는 과정을 유심히 살펴봤다. 그러다 점점 한옥 짓는 과정에 흥미를 느끼게 되었고, 목수들에게 한옥 짓는 법을 배웠다.

관심 있고 좋아하는 일을 하다 보니 실력도 금세 늘었다. 잡부로 일하던 그는 목수로 일을 하게 됐다. 잡일을 할 때와 목수가 되어 일할 때 일당은 큰 차이가 났다.

목수로 일한 지 어느새 20여 년. 칠십이 넘은 지금도 그는 여전히 현역 목수다. 그는 어디든 마다하지 않고 달려

간다.

투기를 할 줄도 모르고, 남을 속일 줄도 모르는 사람. 편법으로 재물을 모으는 방법을 모르고, 가장 잘하는 일 중 하나가 저축인 사람. 재구는 일을 해서 돈을 벌면 무조건 통장에 넣는다.

"난 정말 열심히 살았습니다. 그것만은 자신 있게 말할 수 있어요."

자식들에게 가장 좋은 교육은 부모 스스로가 모범을 보이는 것이다. 잔소리를 하거나 혼내는 훈육은 오히려 반발심만 키운다. 열심히 사는 모습을 보이는 것은 자식들에게 백 마디 잔소리보다 큰 울림을 준다.

그의 아내 말에 의하면 아이들이 어려서부터 엄마보다 아빠를 더 좋아했다고 한다. 그것만 봐도 그가 어떤 아버지인지를 짐작할 수 있다.

아이들은 어렸을 때부터 착했다. 갖고 싶은 것도 많고 용돈이 필요할 텐데도 고생하는 아빠 엄마를 위해 돈 달라는 말을 하지 않았다. 그는 지금도 반듯하고 착하게 커준 아이들이 고맙다.

재구와 향순은 고향에 내려와 얻은 그 집에서 아직까지 살고 있다. 자식들은 모두 결혼해 외지에 나가서 살고 있고 부부만 오붓하게 산다. 아들 결혼도 이 집에서 시켰다.

어느 날 아들이 며느릿감을 데리고 왔다. 집은 고개를 숙이고 들어갈 만큼 낡고 초라했다. 그 옛날 대고모님과 장모님이 다 쓰러져가는 움막집을 방문했을 때도 재구는 가난이 부끄럽지 않았다.

예비 며느리 앞에서도 마찬가지였다. 집을 고칠 수도 있었지만 있는 그대로 보여주고 싶었다. 집이 가난하다고 도망가 버리는 여자라면 아무리 아들이 좋다고 해도 재구 마음에 들지 않을 것 같았다.

그런데 예비 며느리는 허름한 집에 와 보고도 아들과의 관계가 변하지 않았다. 예비 며느리의 착한 마음씨와 어른들에게 살갑게 대하는 모습이 예뻤다. 지금도 그는 며느리와 부녀지간처럼 격의 없이 지낸다.

허름한 집은 손자가 태어난 뒤 싹 고쳤다. 집안에서 마음껏 뛰어놀라고 집을 더 넓혔다. 남의 집을 짓거나 고쳐 주러 다녔는데 자신의 집을 고치는 감회가 남달랐다. 힘든 줄도 몰랐다. 이제 더는 황소바람이 들어오지 않고 비가 들이치지 않는 반듯한 집이 됐다.

아들 내외는 신갈에 살고 있어 자주 찾아온다.

"며느리가 걸핏하면 전화해서 애기 봐달라고 해요. 지들이 부부싸움을 하면 친정에 이르는 게 아니라 나한테 이른다니까요."

그는 며느리가 애기를 봐달라고 하면 한걸음에 아들 집으로 달려가 손자들을 봐준다. 아들 내외가 부부싸움을 하면 아들을 불러내 함께 술 한잔 하며 중재한다. 아버지와 아들로서가 아니라 남자 대 남자로서 이야기를 하며 아들 마음을 풀어준다.

한번 돈이 들어가면 열리지 않던 재구의 지갑이 열릴 때는 며느리와 손자들에게 맛있는 거 사줄 때다. 며느리와 손자들에게는 아무리 돈을 써도 아깝지 않다. 그렇다고 아들 부부의 사생활에 개입하는 것은 아니다. 아이들이 아버지

윤재구는 그동안 열심히 살아왔다. 가난한 집에 시집와 고생한
아내에게는 늘 미안하고 고마운 마음. 아내는 후회 없는 삶이라고
말한다. 착한 남편을 만나 행복하게 살아왔기 때문이다.

를 필요로 할 때 그는 언제 어디든 바람처럼 달려간다.

## 더도 말고 덜도 말고 딱 지금처럼만

한 많은 세상을 살다 가신 어머니. 어머니는 시집와서 평생에 걸쳐 창자가 끊어지는 고통을 세 번이나 당하면서도 홀몸으로 아이들을 기르고 가르쳤다. 어머니는 가난했지만 비굴하지 않았다. 자식들을 사랑했지만 엄격하게 교육시켰다.

재구도 어머니처럼 살고 싶었다. 가난하지만 행복하고 화목한 가정을 꾸리고 싶었다. 그리고 지금은 그 바람대로 이루어졌다.

그는 70이 넘은 지금도 아직 현역으로 일한다. 젊을 때만큼 힘을 쓸 수 없지만 수십 년 갈고 닦은 정교한 솜씨는 어떤 일을 맡겨도 자신 있게 해낼 수 있다.

"지금도 일해 달라는 전화가 오면 부리나케 달려가요.

매일매일 바쁘지요."

그는 정년을 생각하지 않는다. 연장 들 힘이 남아 있을 때까지 일할 생각이다. 아내는 그런 남편이 자랑스럽다.

"어떤 일이든 꼼꼼하게 잘해요. 워낙 일을 잘하거든요. 바깥일뿐만 아니라 텃밭 가꾸는 것도 얼마나 꼼꼼히 잘하는데요. 저는 잘 못해요. 남편이 다해요."

아내는 청소 일을 하러 다닌다. 힘들 법도 한데 힘든 내색을 전혀 하지 않는다.

"지금까지 큰 싸움은 한번도 안 해봤어요. 가난한 나한테 시집와서 이때까지 고생한 아내한테 고맙죠."

재구는 지금까지 조용히 옆을 지키고 있는 아내에게 고맙고 미안하다. 살면서 결혼한 것을 한번도 후회한 적이 없었다. 그렇다면 아내도 같은 생각일까?

"저도 후회 없어요. 우리 남편은 착하고 좋은 사람이거든요. 사람이 좋으면 됐지, 돈 많고 잘사는 게 뭐가 중요하겠어요."

레오 톨스토이의 ≪안나 까레니나≫는 이런 문장으로

시작한다.

> 행복한 가정은 모두 모습이 비슷하고, 불행한 가정은 모두 제각각의 불행을 안고 있다.

행복은 노력하지 않으면 얻을 수 없다. 부단한 노력 끝에 얻어지는 달콤한 열매다.

재구는 행복한 가정을 일궜다. 아직 일할 만큼 건강하고 이곳에 내려왔을 땐 땅 한 평 없었지만 지금은 300평이나 되는 텃밭을 갖고 있다. 손자들 줄 용돈이 두둑이 들어있는 통장도 있다. 비록 큰돈은 벌지 못했지만 처자식 먹여 살리기 위해 평생을 성실하게 일했다. 이만하면 꽤 성공한 인생이지 않겠는가.

"성공이 뭐 별건가요."

그렇게 말하며 그는 호탕하게 웃었다. 그의 웃음에서 밝은 에너지가 뿜어져 나왔다.

그의 말이 옳다. 성공이 뭐 별건가. 돈 많이 벌어서 좋은 집에 외제차 몰고 다녀야 성공인가. 남들이 우러러보는 높은 자리에 올라가야 성공했다고 할 수 있나. 그들 부부처럼 아직도 서로 사랑하며 감사하며 걱정 없이 살면 그게 성공이지.

두 사람은 앞으로 남은 삶도 딱 지금처럼 살고 싶다. 가진 건 없어도 마음만은 부자인 채로, 그렇게 오래오래 행복하게.

# 이제야 진짜
# 내 이름을 찾았다

**신금순** 1947년생(호적에는 1948년)

“지금이, 지금이 최고로 좋다. 지금이 인생에서 가장 찬란하게 아름다운 한때다. 힘든 세월을 건너와 지금이 있기 때문이다. 특히 시골에서 흙냄새 맡으며 사는 지금이야말로 가장 사람 사는 것 같다.”

사람이 죽어 천국으로 가기 전 마지막으로 머무르는 곳 림보. 사람들은 7일 동안 이곳에 머무르며 인생에서 가장 소중했던 한 순간을 떠올린다. 림보 직원들은 그 순간을 영상으로 만들어 망자에게 보여준다. 자신에게 가장 찬란했던 한때를 영상으로 본 망자들은 행복한 미소를 지으며 비로소 천국으로 떠난다.

일본 영화감독 고레에다 히로카즈의 초기 영화 '원더풀 라이프'의 내용이다.

아무리 힘들게 인생을 살아온 사람이라도 전 생애 중 반짝, 하고 빛나는 한때가 있다. 죽어서도 잊을 수 없는 행복했던 한때. 용인시 원삼면 두창리에 사는 신금순에게 생애 가장 아름답고 반짝이는 한때는 언제였을까?

"지금이요. 지금이 최고로 좋아요."

올해 일흔두 살, 고생도 할 만큼 했고 세상을 살 만큼 산 신금순은 '지금 현재'가 인생에서 가장 찬란하게 아름다운 한때라고 말한다. 굳이 살아온 이야기를 듣지 않아도 그가 어떻게 72년의 세월을 건너왔는지 짐작할 수 있었다.

## 포도나무집 김인선·신금순

그녀의 집 대문에는 '포도나무집 김인선·신금순'이라는 문패가 달려 있다. 여름이 되면 포도 넝쿨에 탐스러운 포도송이가 주렁주렁 매달린다. 손자 손녀들이 와서 고사리 같은 손으로 포도송이를 따는 것을 볼 때마다 금순은 포도나무

"나는요, 지금이 제일 좋아요." 살아온 세월 중
금순은 지금이 제일 좋다. 남편 이름과 함께 신금순
이라는 이름을 내건 문패가 있는 집에서 포도나무도
키우고, 장도 담그고, 농사도 짓는 지금이 제일 좋다.
지금이 가장 찬란하다.

를 심길 잘했구나 생각한다.

포도나무 넝쿨을 지나면 마당이 나온다. 마당 한쪽에는 커다란 비닐하우스가 있는데 안에서는 온갖 모종들이 싱싱하게 자란다. 봄이 되면 밭에 옮겨 심을 고추며 오이, 호박, 가지 등이다.

비닐하우스 옆에 옹기종기 모여 있는 항아리에는 된장, 간장, 고추장 같은 묵은 장들이 가득하다. 항아리들은 주인으로부터 얼마나 귀한 대접을 받고 있는지 반질반질 윤이 났다.

비닐하우스 건너편에는 닭장과 작은 텃밭이 있다. 텃밭에는 파, 상추, 고추 등 채소가 자라고 있다. 작은 마당을 이렇듯 알차게 쓰는 김인선, 신금순 부부. 이 마당은 한 치도 빈틈없는 삶을 살아온 이들 부부와 무척이나 닮았다.

금순이 이곳 용인으로 이사 온 것은 6년 전이다. 큰아들 진봉이가 직장 때문에 먼저 용인으로 이사를 왔는데 마침 근처에 집 나온 게 있다면서 내려올 것을 권했다.

금순은 용인과는 아무 연관도 없었다. 태어난 곳은 충남 금산이고 결혼해서는 전북 진안에서, 그러다 서울로 이사해 30년을 살았다.

아들 집에 와 보니 시골 동네가 아담하고 조용했다. 시끄럽고 복잡한 서울과는 달리 공기조차 달콤했다. 이곳에서 잠시 살아도 좋을 것 같다고 생각했다.

"다시 돌아가려고 처음엔 서울 아파트를 전세 주고 이 집은 세를 얻어 내려왔어요."

그렇게 해서 서울살이를 정리하고 아들이 말한 그 집을 얻었다. 창문으로 내다보면 아들네 집 지붕이 보이는 곳이었다.

처음 이사 왔을 때는 모든 게 낯설었다. 특히 마을 사람들과 어떻게 친해져야 할지 몰랐다. 시골 사람들은 텃새가 심하다던데, 아는 체도 안 하면 어쩌나 걱정이 됐다. 마을 사람들과 친해질 수 있는 가장 좋은 장소는 마을회관이었다. 금순은 노인들이 모이는 마을회관에 갔다. 가서 보니 금순보다 나이가 훨씬 많은 노인들이 대부분이었다.

"나보다 나이 많으신 분들에겐 무조건 형님, 형님, 하고 불렀어요. 마을회관 청소도 하고 커피도 탔죠. 마을에 일이 있으면 나서서 자원봉사도 했고요. 그러니까 금세 적응되던데요."

금순은 특유의 친화력으로 이사 온 지 얼마 안 돼 마치 처음부터 이곳에 살았던 사람처럼 마을에 적응했다.

부부는 천성이 부지런했다. 시골에 내려오자마자 집 근처 묵은 밭을 주인 허락을 받고 개간했다. 마당에는 작은 황토방을 만들고, 뒤로는 닭장도 만들었다. 자식들이 이제는 다 내려놓고 쉬라고 했지만 부부는 손에서 일을 놓지 않았다. 매일 밭에 나가 땅을 파고 마당에 채소를 심었다.

"원래는 시골로 내려오면 아무것도 안 하고 책만 읽고 살라고 했어요. 그 계획이 물거품이 됐지만 그래도 좋아요."

땅을 파고 먹거리를 심는 일은 지금까지 살면서 경험해 보지 못했던 기쁨을 안겨주었다. 서울에서는 생계를 위해서 일을 했는데 여기서는 그저 씨를 뿌리고, 잘 자라도록 가꾸고, 추수를 하는 그 과정이 즐겁다. 오랫동안 흙을 잊고 살았는데, 흙을 만지고 건강한 공기를 마시니 이제야 진짜 사람 사는 것 같다.

금순은 직접 기른 채소로 김치와 반찬을 만들어 자식들에게 보내고 이웃과도 나눠 먹는다. 마당에 있는 항아리에는 매년 담그는 장이 익어간다. 일주일에 한 번씩 노래교실에 다니며 사람들과 함께 어울려 노래도 하고 한바탕 크게 웃고 돌아온다.

남편과는 일 년에 한 번씩 해외나 국내로 여행을 다닌다. 서울에 살 때는 꿈도 꿔보지 못했던 생활이다. 그들 부부는 꿀처럼 달콤한 날들을 살고 있다.

그동안 신금순에게 신금순은 없었다. 평생을 고모, 형수, 새언니, 엄마, 할머니, 아내라는 호칭으로 불렸고, 그 호칭의 무게를 묵묵히 감내하며 살아왔다. 때로는 도망치고 싶었고 회피하고 싶었지만 그럴 수 없었다. 이제는 그 모든 호칭을 내려놓고 비로소 신금순, 자신의 이름으로 살아가고 있다.

## 집안 여자들은 아이를 키웠다

금순은 1947년 충남 금산 남이면에서 1남 3녀 중 막내로 태어났다. 조상 대대로 농사를 지었는데 그 지역에서 제법 알아주는 부농이었다. 아버지는 구장과 이장까지 지냈고, 자식들에게 아낌없는 사랑을 베풀던 양반이었다. 어머니는 남편에게 순종하고 살림 잘하는 전형적인 현모양처였다. 집안은 풍족했고 분위기는 화목했다.

오빠와는 나이 차이가 많이 났다. 집안의 장손인 오빠는 학교를 졸업하자마자 중학교 교사가 됐고, 결혼해서 9남매를 낳았다. 제일 큰조카와 금순의 나이 차는 네 살밖에 나지 않았다. 큰조카와는 그래서 친구처럼 함께 놀았다.

아버지는 비교적 늦은 나이에 얻은 금순을 유독 귀여워하셨다. 하지만 금순을 초등학교만 보내고 상급학교에는 보내지 않았다. 여자에게 공부를 가르치면 큰일나는 줄 아는 시대였다. 여자들도 당연하게 생각했다. 감히 공부할 생각을 못했다.

남자들은 집안의 기둥이고 여자들은 그저 남자들 뒷바라지나 했다. 몇백 년 전이 아니라 불과 수십 년 전까지만 해도 그런 시절이었다. 집안이 비교적 부유하고 그나마 남들보다 깨었다는 아버지를 둔 금순도 예외는 아니었다.

결혼한 오빠가 9남매를 낳다 보니 해마다 집 대문에 금줄이 걸렸다. 담 너머로 아기 울음소리가 그칠 날이 없었다. 아들을 하나밖에 두지 못한 아버지는 손자가 태어날 때마다 함박웃음을 지었다.

집에서 여자들이 할 일은 많았다. 식사 준비도 하고, 육아도 하고, 농사도 지었다. 천성이 부지런했던 금순은 조카들을 친자식처럼 키우며 집안일을 열심히 도왔다. 그러다 그녀 나이 스물셋이 됐다. 마을 사람이 중매를 했는데 홀아버지에 6남매 중 맏이라고 했다. 어이가 없었다. 기껏 조카들을 키웠더니 이번에는 줄줄이 딸린 시동생들이라니.

맞선 본 지 한 달 만에 금순은 김씨 집안으로 시집을 갔다. 어른들 뜻을 거역할 수 없었다. 어른들 말이 곧 법이었다. 어른들이 결정을 하면 아무리 싫어도 그 뜻에 따라야 했다.

시집 형편은 말로 할 수 없을 만큼 비참했다. 맨 위 시동생이 스물네 살, 그 아래로 스물한 살, 열아홉 살 ……. 막내 시동생이 열 살이었다. 그런데 다섯 명이나 되는 시동생들은 안 아픈 이가 없었다. 맨 윗 시동생은 폐가 안 좋았고, 그 밑 시누이는 심장병이 있었고, 시동생 하나는 늑막염에 걸려 있었다. 눈앞이 깜깜했다.

다행히 남편은 가족을 위해 묵묵히 일하는 성실한 가장이었다. 무엇보다 심성이 곧고 착한 사람이었다. 금순은 그런 남편만을 믿고 고된 결혼생활을 시작했다.

## 아픈 시동생들을 돌보다

시어머니가 안 계신 시집에서 금순은 시어머니 역할까지 해야 했다. 대식구 살림살이를 도맡았지만 밥하고 빨래 같은 집안일은 그리 어렵지 않았다. 아픈 시동생들을 건사하는 게 큰일이었다.

아픈 시동생들 중에서 시누이 병세가 가장 심각했다. 심장병에 걸린 시누이는 잘 걷지도 못하고 누워만 있었다. 시누이를 보니 친자식들처럼 키웠던 조카들이 떠올랐다. 그녀는 조카들이 아플 때 들쳐업고 병원으로 달려가거나 밤새 머리맡에 앉아 간호했다. 시누이라고 해서 다르지 않았다. 조카나 시누이나 아픈 사람은 무조건 돌봐줘야 했다.

금순은 스무 살이 넘은 시누이를 업고 병원에 다녔다. 처음에는 어색해하던 시누이도 친언니처럼 금순에게 몸을 맡겼다. 그러나 시간이 지나도 시누이 병세는 차도가 없었다.

누가 돼지똥을 볶아서 물에 타 먹으면 심장병에 좋다는 말을 했다. 금순은 귀가 솔깃했다. 지푸라기라도 잡고 싶은 심정인데 그깟 돼지똥 볶는 일은 아무것도 아니었다. 즉시 돼지똥을 구해 불에 볶아서 물에 타 시누이에게 내밀었다.

시누이가 얼굴을 찡그렸다.

“이게 뭐예요?”

“약이에요, 아가씨. 얼른 마셔요.”

"고약한 냄새가 나요."

"그래도 심장병에 좋다니까 마셔 봐요."

선뜻 마시지 못하는 시누이 앞에서 금순은 자신이 먼저 그 물을 벌컥벌컥 마셨다. 그제야 시누이가 받아 마셨다.

금순의 지극한 간호 덕분인지 잘 걷지도 못하던 시누이가 석 달 만에 일어났다. 요즘에는 말도 안 되는 민간요법이었지만 사랑과 정성으로 돌봐준 탓에 진짜로 심장병이 좋아졌다.

달콤한 신혼생활은 말 자체도 사치였다. 금순은 남편과 함께 논과 밭에 나가서 일했다. 쌀농사, 인삼농사를 지었다. 시동생들은 아프긴 했지만 다들 착하고 공부도 잘해서 뒷바라지하는 것도 힘든 줄 몰랐다. 인삼과 쌀을 팔아 등록금을 댔고 오이, 가지, 호박, 참외 등을 팔아 객지에서 공부하는 시동생들에게 용돈으로 보내줬다.

결혼한 그해 12월, 첫아들 진봉이를 낳았다. 첫아들을 품에 안은 금순은 왈칵 눈물이 나왔다. 세상을 다 얻은 기분이었다. 세상 무엇과도 바꿀 수 없는 소중한 보물이었다.

그러나 너무 가난한 집안이다 보니 갓난아기에게 입힐 옷 한 벌이 없었다.

친정어머니가 금순 손에 지폐를 쥐어주었다. 금순은 그 돈으로 아기 포대기와 배냇저고리를 사서 입혔다. 시아버지는 바지저고리를 내주었다. 그 옷을 뜯어서 아기 옷을 만들어 입혔다.

진봉 아래로 자옥, 미옥, 진홍이 차례로 태어났다. 식구가 늘수록 집안 살림은 점점 어려워졌다. 시동생들 공부 시키랴, 2남 2녀나 되는 자식 가르치랴, 뼈가 녹도록 논과 밭에 나가 일해도 살림은 늘 쪼들렸다.

공부를 곧잘 하던 진봉은 전주 시내에 있는 고등학교에 진학했다. 학비와 용돈까지 보내야 했다. 다른 아이들도 계속 학교에 들어갔다. 돈 들어갈 데가 한두 군데가 아니었다.

아이들 배를 곯리지는 않았지만 그렇다고 해서 아이들을 제대로 키웠다고 할 수는 없었다. 옛날에야 밥만 먹고 살면 되는 시대였지만 시대가 달라졌다. 배우지 않으면 살

6남매 중 맏이와 결혼한 금순. 다섯 명이나 되는 시동생과 시누이들이 모두 아팠다. 아프니까 병간호를 해야 했다. 금순은 아픈 시누이를 위해 돼지똥을 볶아 물에 타서 먹이기도 했다. 아이들을 떼놓고 혼자 서울로 와 장사를 했고, 남편과 리어카를 끌었다. 그 세월이 꿈처럼 모두 흘러갔다.

수가 없는 시대인 것이다. 금순은 더는 이대로 살 수 없다고 판단했다.

## 서울 가서 돈을 벌겠다고?

"서울로 가야겠어요."

어느 날 금순은 남편에게 서울에 가서 돈을 벌겠다고 폭탄 선언을 했다. 평소에 겉으로 감정을 잘 드러내지 않는 남편은 크게 놀랐다.

"서울 가서 돈을 벌겠다고?"

금순은 단호한 어조로 말했다.

"저 애들을 나나 당신같이 바보 만들 순 없어요."

지금까지 살던 곳을 떠나 서울이라는 거대 도시로 떠난다는 건 보통의 용기로 되는 일은 아니었다. 많은 시골 사람들이 돈을 벌기 위해 서울로 갔지만, 남편은 서울로 가겠다는 상상조차 하지 않았다.

하지만 금순은 달랐다. 그녀는 진취적이고 용기 있는 사람이었다. 무엇보다 생활력이 강했다.

금순은 자신이 더 못 배운 게 늘 한이 됐다. 공부를 더 하고 싶었지만 그때는 감히 공부를 더하겠다는 말을 하지 못했다. 자식들에게는 자신의 삶을 물려주고 싶지 않았다. 더 넓은 곳으로 가야 더 높이 날아오를 수 있었다. 공부를 시키고 싶어도 돈이 있어야 했다. 시골에서 농사를 지어서는 자식들 대학 공부를 시킬 수 없었다.

금순의 마음에는 나름 계획이 있었다. 남대문시장에서 이미 터를 잡고 있던 작은어머니 밑에 들어가 장사를 배워 독립할 생각이었다. 시골에서 농사를 짓는 것보다 장사를 하는 쪽이 돈을 더 많이 벌 것 같았다.

남편의 고민은 깊어졌다. 아내 혼자 머나먼 서울로 보낼 수 없었다. 아이들을 혼자 맡아서 키우는 것도 자신이 없었다. 그러나 금순의 생각은 확고했다. 남편에게 딱 3년만 기다려 달라고 했다. 3년 안에 가족들을 서울로 데려가겠다고 확신에 차서 말했다.

남편은 금순을 믿었다. 아내는 그를 한번도 실망시킨 적이 없었다. 아내가 한다면 하는 거였다.

결국 금순 혼자 서울로 떠났다. 남편과 어린 자식들을 두고 떠나는 금순은 전쟁터에 나가는 병사만큼이나 비장했다.

## 여자로서는 약했지만 어머니로서는 강했다

처음 본 서울은 혼을 쏙 빼 갈 것처럼 정신이 없었다. 사람들은 화가 난 표정으로 바쁘게 걸었다. 차도 많고, 하늘 높이 솟은 고층 건물들은 어지러웠다. 가만히 있어도 멀미가 났다.

서울은 눈 뜨고 코 베어 간다는 곳인데 시골에서 농사만 짓다가 온 사람이라고 무시당하지 않을까. 금순은 겁이 났지만 겉으로는 일부러 더 대범한 척했다. 여자로서 금순은 약했지만 어머니로서 금순은 강했다. 시골에 있는 자식들을 생각하면 못할 게 없었다.

금순은 은평구 신사동 작은어머니 집에서 지내며 작은어머니를 따라 새벽마다 동대문시장으로, 남대문시장으로 물건을 떼러 다녔다. 시골 사람들이 부지런했지만 서울 사람들에 비하면 아무것도 아니었다. 밤부터 새벽까지 동대문시장과 남대문시장은 온갖 물건을 떼러 온 사람들로 대낮처럼 불야성을 이뤘다. 마치 일을 하기 위해 태어난 사람들 같았다.

금순은 작은어머니를 따라다니며 사소한 것까지 배우고 익혔다. 불과 며칠 새에 물건을 떼다 파는 과정을 모두 익혔다. 혼자서도 장사를 할 수 있을 것 같은 용기가 생겼다. 며칠 동안 금순을 데리고 다니며 지켜본 작은어머니가 말했다.

"너도 장사를 해보는 게 어떻겠니?"

"장사요?"

작은어머니 말에 금순은 깜짝 놀랐다. 자신은 있었지만

그래도 서울에 올라온 지 며칠 되지도 않았는데 벌써 장사라는 말이 나오자 겁이 났다. 돈도 문제였다. 장사를 하려면 남들처럼 가게도 있어야 하는데 가게는커녕 서울에는 잠잘 수 있는 방 한 칸 없었다.

"제가 어떻게 해요?"

작은어머니는 금순이 자립할 수 있도록 백방으로 알아봤다. 서울은 눈 감으면 코 베어 가는 곳이 아니었다. 작은집 사돈이 남대문 시장 입구에서 토스트 가게를 하고 있었는데 작은어머니가 부탁하자 그 가게 앞에서 장사를 하라고 허락했다. 또 작은어머니 지인이 리어카도 빌려줬다.

예상보다 빨리 독립을 하게 된 금순은 걱정이 태산이었다. 물건을 떼는 것은 작은어머니를 따라다니며 배웠기 때문에 자신 있었다. 문제는 물건을 파는 거였다. 한번도 장사라는 것을 해본 적이 없어 어떻게 물건을 팔아야 할지 걱정이 됐다.

다음 날 새벽시장에 가서 티셔츠를 떼다 리어카에서 팔기 시작했다. 설마 손님이 올까 싶었는데 의외로 잘 팔렸다. 한 장 한 장 팔릴 때마다 부자가 된 기분이었다. 장사가 끝나고 보니 돈주머니에 돈이 수북했다.

그 시절 시골에서 남의 밭을 매 주면 품삯으로 하루에 3천원을 받았고, 논의 피를 뽑아 주면 5천 원을 받았다. 그런데 티셔츠를 팔고 하루에 번 돈이 2만 원이었다.

금순은 매일 새벽같이 일어나 물건을 떼서 낮에 리어카에서 팔았다. 돈 버는 재미가 쏠쏠했다. 남편에게는 3년만 기다려 달라고 했지만 더 열심히 일하면 작은 전세방 하나 얻어 다 같이 모여 살 날이 그리 멀지 않을 것 같았다. 금순은 가족이 모여 살 날을 위해 매일 악착같이 일했다.

돈은 잘 벌었지만 고생 또한 만만치 않았다. 새벽에 일어나 물건을 떼다 하루 종일 리어카를 지키고 서서 옷을 팔아야 했다. 잠은 고작 서너 시간밖에 못 잤다. 걱정 없이 장사만 할 수 있는 환경도 아니었다. 단속반에 걸리면 물건을 압수당하거나 벌금을 내야 했다.

단속반이 뜨면 리어카 상인들은 재빨리 리어카를 끌고 도망쳤다. 전 재산이나 다름없는 리어카를 압수당하기라도 하면 그야말로 큰일이기 때문이었다. 서슬이 퍼런 단속반들은 인정사정없었다. 리어카에 있는 물건을 바닥에 내동댕이치거나 리어카를 마구 부쉈다. 아무리 사정을 해도 소용없었다. 리어카 상인들에게 단속반은 저승사자나 마찬가지였다.

금순도 단속반을 피해 도망 다녀야 했다. 그러다 어느 날 단속반에게 걸려 리어카를 빼앗기고 말았다. 금순에게 리어카는 단순한 리어카가 아니었다. 식구들 목숨이 걸린 생명줄이었다. 리어카를 빼앗기자 눈에 보이는 게 없었다.

금순은 경찰서에 찾아갔다. 경찰관들은 금순을 비롯한 상인들을 죄인 다루듯 했다. 상인들은 사정도 하고, 큰소리도 쳤다. 그것도 안 되면 눈물을 흘리며 주저앉아 빌었다. 경찰서는 아수라장이었다.

금순은 어떻게든 리어카를 되찾아야 한다는 생각에 경찰관에게 사정사정했다. 경찰관이라 하더라도 다들 먹고 사는 사정을 아는 터여서 가끔 사정을 들어주는 이도 있었다. 금순은 겨우 벌금을 내고 리어카를 되찾았다.

금순은 가족이 그리웠다. 굶어도 함께 굶고 고생을 해도 함께하는 게 가족인데, 무슨 대단한 영화를 보겠다고 이렇게 혼자 서울에 올라와 고생하고 있는지 서러웠다. 남편에게는 3년만 기다려 달라고 했지만 더는 기다릴 수 없었다.

"도저히 보고 싶어서 못 견디겠더라고요. 있는 돈 없는 돈 탈탈 털어 600만 원짜리 전세방을 얻어 식구들을 서울로 불러올렸죠."

서울에 올라온 지 불과 20일만이었다. 지금 생각해도 대단한 용기였다.

전주에서 고등학교에 다니는 진봉이와 중학교에 다니는 자옥이를 빼고 남편과 미옥, 진홍이 서울로 올라왔다. 기특하게도 진봉은 반에서 1, 2등을 할 정도로 공부를 잘했다. 몇 개월 지나 진봉이와 자옥이도 학기를 마치고 서울로 전학을 했다. 마지막으로 시아버지까지 올라오자 흩어져 살던 가족이 모두 모여 완전체가 됐다. 비로소 온 가족이 함께 모여 살게 되자 금순은 가슴이 뻐근하도록 좋았다. 그리고 그만큼 어깨는 무거웠다.

## 힘들고 외로웠던 서울 생활

서울 생활은 고달팠다. 단칸방에는 고등학교에서부터 초등학교까지 다니는 4남매와 부부, 시아버지까지 일곱 식구가 살았다.

가진 것 없고 배운 것 없는 시골 출신에게 서울이라고 하는 거대 도시는 노력만 하면 무엇이든 얻을 수 있는 기회의 땅이 아니었다. 새벽부터 밤늦도록 일해도 삶은 언제나 제자리였다.

남편이 건물 청소부로 취직을 했고, 금순은 여전히 리어카 행상을 했다. 고등학교, 중학교, 초등학교에 다니는 아이들에게는 마른 논에 물 대기처럼 끝도 없이 돈이 들어갔다.

아이들도 고생이었다. 금순이 새벽에 일어나 밥을 한 솥

해놓고 새벽시장에 물건을 떼러 나가면 아이들은 저희들끼리 밥을 차려먹고 학교에 갔다. 잘 먹이지 못해도, 용돈을 풍족히 주지 못해도 아이들은 불만이 없었다. 오히려 고생하는 부모를 걱정하는 착한 아이들이었다.

남편은 시골에서 살 때처럼 성실하게 일했다. 청소 일이 힘들었을 텐데 집에 와서 전혀 내색하지 않았다. 남편의 월급은 보잘 것 없었다. 남편은 청소 일보다 더 돈을 많이 받는 갈빗집으로 일자리를 옮겼다. 금순도 더는 리어카 행상을 하지 않았다. 정부에서 리어카 행상들에게 가판대를 분양할 때 금순도 가판대 하나를 분양받았다.

남편은 갈빗집 연기를 마시며 불판을 닦았고 아내는 추운 겨울이나 무더운 여름이나 가판대를 지켰다. 그런데 갈빗집에서 8년 동안 일한 남편 건강에 이상이 생겼다. 연기를 너무 많이 마셔서인지 폐와 심장이 안 좋아졌다. 남편은 다시 청소일을 했다.

갈빗집에서 일할 때보다 수입이 줄어들었다. 아이들이 커가면서 학원비며 용돈이며 들어갈 곳은 많아졌는데 수

입이 줄어드니 걱정이 이만저만이 아니었다. 하는 수 없이 두 사람은 폐지를 줍기로 했다.

남편은 청소 일이 끝나면 금순이 있는 가판대로 왔다. 가판대 문을 닫는 밤 11시가 되면 그때부터 두 사람은 거리를 돌아다니며 폐지를 주웠다. 앞에서 남편이 리어카를 끌고 아내가 뒤에서 밀었다.

그렇게 새벽 서너 시까지 폐지를 주웠다. 사람들이 하루 일과를 끝내고 편안하게 잠을 자고 있을 시간에도 그들의 하루 일과는 끝나지 않았다. 새벽에 집에 들어가 몇 시간 겨우 눈을 붙이고 또 새벽에 출근을 했다.

"그렇게 30년을 살았어요. 돌아보면 정말 힘든 시절이었네요."

## 내 자식들에게 내 삶을 물려줄 수는 없다

세월이 흘러 곱디곱던 얼굴에 주름살이 생기고 머리에는

흰머리가 생겼다. 처녀 때는 조카들을 키웠고 시집가서는 시동생들 병수발을 들었다. 자식들 잘 키우려고 서울에 와서 모진 고생을 하다 한평생이 다 가버렸다.

세월이 흘러 아이들이 학교를 졸업하고 하나둘 직장을 얻거나 결혼을 해서 집을 떠났다. 운 좋게도 아파트에도 당첨됐다. 스물세 평짜리 아파트였다. 난생 처음으로 서울에 내 집이 생겼다. 그래도 남편은 여전히 청소 일을 했고 아내는 하루 종일 가판대를 지켰고, 밤에는 두 사람이 텅 빈 거리에서 폐지를 주웠다. 일을 하지 않으면 삶도 끝날 것 같았다. 힘들게 사는 부모를 보다 못한 자식들이 이제 그만 다 내려놓고 편히 살라고 간곡하게 말했다.

서울은 빠른 속도로 변해갔다. 금순의 바람처럼 자식들은 넓은 세상에서 더 높이 날았다. 생각해보니 서울에서 더 살 필요가 없었다. 부부는 자식들 말을 듣기로 했다. 힘겨운 일상을 내려놓기 위해 용인은 적당한 장소였다.

처음 이 집을 보러 왔을 때 남편은 텃밭만 보고 두말없이 좋다고 했다. 그때 이미 남편의 머릿속에는 장차 농사지을 큰 그림이 그려져 있었던 듯했다.

이 집에 온 후 남편은 곡괭이와 삽을 잡았다. 마당에 텃밭을 만들고 주변의 놀고 있는 땅을 빌려 농사를 짓기 시작했다. 책이나 읽겠다던 금순도 어느새 남편을 따라 밭에서 일을 하고 있었다. 부지런한 천성은 어쩔 수가 없었다.

"처음에는 실수를 많이 했어요. 근데 자꾸 하다 보니 재밌더라고요. 이것저것 욕심 많게 심다 보니 지금은 농사꾼 다 됐어요."

비닐하우스에 빼곡히 자라고 있는 모종 앞에서 금순은 멋쩍은 듯 웃었다.

시골로 내려온 지 6년째인 지금은 1천800평이나 되는 땅에 농사를 짓고 있다. 이쯤 되면 취미가 아니라 직업이다.

부부는 하루 종일 바쁘다. 매년 고추 농사를 300근이나 짓는다. 고추뿐 아니라 가을에는 김장 배추도 수백 포기를 심는다. '다 내려놓는 삶'과는 거리가 멀다.

이곳에서도 여전히 힘들게 일하며 살고 있지만 서울에

서 살 때와는 삶의 질이 전혀 다르다. 그때는 먹고 살기 위해서 억지로 일을 했다면 지금은 즐기기 위해 일한다. 씨를 뿌리고 그 씨에서 싹이 트고 자라서 추수를 할 때까지의 과정이 경이롭기까지 하다. 땅은 정직한 주인을 알아본다. 노력한 것보다 훨씬 많은 수확을 보답으로 안겨준다.

농사일 외에도 부부는 여러 가지 일로 바쁘다. 아내 금순은 여름에는 잔디밭에 풀 매러 가는 아르바이트를 하고 남편은 조경 일을 다닌다.

"평생 단 한 순간도 쉰 적이 없어요. 일을 하는 게 차라리 편해요. 그래도 지금은 경로당 가서 어울려 놀기도 하고 노래교실에 가서 맘껏 노래도 부르니 스트레스가 쌓일 틈이 없네요."

너무 바빠서 부부싸움 할 시간도 없었다는 부부는, 지금도 서로의 그림자처럼 함께한다. 남편과 떨어져 산 기간은 금순이 서울로 돈 벌러 올라간 20일 동안이 전부다. 두 사람은 이제 한몸이나 다름없다.

일흔두 살이라는 나이는 많다면 많고 젊다면 젊은 나이.

경로당에서 금순은 막내다. 다행히 몸도 어디 아픈 데 없이 건강하다.

"생각해보면 난 참 바보처럼 살았어요. 그렇다고 후회하지는 않아요. 후회하면 내 인생이 너무 억울하잖아. 지난 시간은 지나간 거니까 더는 생각하지 말고 앞으로 어떻게 하면 즐겁고 행복하게 살까 그 생각만 해요. 한번뿐인 인생인데. 그러니까 행복하게 살아야죠."

금순은 자신이 살아온 삶을 후회하지 않는다. 조금의 아쉬움은 있었지만 그럴 수밖에 없었다고 생각한다. 가난한 집으로 시집을 간 건 호강하기 위해서가 아니라 일을 하기 위해서였다. 애초부터 편하게 살 생각은 없었다.

힘든 상황에서도 그나마 평온하게 살았던 건 금순의 긍정적인 성격 탓이기도 했다. 금순은 자신이 베푸는 것에 어떤 대가도 바라지 않았다. 대가를 바랐다면 마음속이 시끄러워 미움과 원망으로 가득해 그 또한 자신을 괴롭혔을 것이다. 삶을 있는 그대로 인정하고 나니 편안하다.

자식들은 모두 반듯하게 자라 각자 가정을 꾸려 잘 살고 있다. 눈에 넣어도 아프지 않은 손주들이 무려 일곱이다.

자식들은 어떻게 살아가길 바랄까?

"나처럼 사는 건 내 대에서 끝나야 해요. 내 딸한테 내 삶을 물려줄 수는 없어요. 내가 살아온 인생과 재들의 인생은 달라요. 만약 내 딸이 나처럼 산다면 그렇게 살지 말라고 할 거예요."

그녀는 자신이 살아온 삶에 불만은 없지만 자신의 딸들만은 자신과 같은 삶을 살아서는 안 된다고 말한다. 그녀는 한 시대가 가고 또 다른 시대가 오고 있음을, 그 다음 시대는 전 시대와 달라야 함을 나이 든 사람들이 알아야 한다고 생각한다.

금순은 충남 금산에서 태어나 24년을 그곳에서 살았다. 결혼한 뒤에는 전북 진안에서 살았고 진안에서 서울로 이사 가 30년을 살았다. 평생을 한곳에 정착하지 못하고 민들레 홀씨처럼 여기저기 떠돌았다. 그렇게 떠돌아 사는 동안 한 순간도 자신을 위해 살지 못했다. 마음 편히 다리를 뻗고 자본 기억도 없었다.

이제 두 다리 뻗고 편안하게 잘 수 있는 땅 용인에 정착했다. 이제 더는 자식들을 위해 희생하지 않아도 된다. 돈을 벌기 위해 아등바등 살 필요도 없다. 그러니 지금은 세상을 다 가진 것처럼 행복할 수밖에.

처음에는 다시 서울로 돌아갈 요량으로 전세로 내려왔는데, 내려온 지 1년 만에 집주인이 지금 사는 집을 내놓았다. 사람들이 집을 보러 왔는데 그게 왠지 싫었다. 그래서 아예 집을 사버렸다. 그건 곧 서울 생활을 완전히 청산하겠다는 의미이기도 했다.

금순 부부는 이곳에서 평생 살 생각이다. 공기도 좋고 사람들 인심도 좋고 살기 편하다. 서로 태어나서 자란 곳은 다르지만 죽어서는 남편과 함께 이곳에 묻히고 싶다. 집값이나 땅값이 오르는 것도 관심 없다. 조용하고 평화로운 동네에서 딱 지금처럼만 살고 싶을 뿐이다. 언제까지나 딱 지금처럼만.

평균 나이 76세, 지금이 가장 찬란하다

# 살고 보니 아름답구나

초판 1쇄 2019년 10월 7일

지은이 김선희
펴낸이 임후남
펴낸곳 생각을담는집
디자인 나이스에이지
인쇄 및 제본 올인피앤비

주소 (17167) 경기도 용인시 처인구 원삼면 사암로 59-11
대표전화 070-8274-8587 팩스 031-321-8587
이메일 seangak@naver.com 블로그 https://blog.naver.com/seangak
ISBN 978-89-94981-76-5 03800

이 도서의 국립중앙도서관 출판예정도서목록(CIP)은 서지정보유통지원시스템 홈페이지(http://seoji.nl.go.kr)와 국가자료종합목록 구축시스템(http://kolis-net.nl.go.kr)에서 이용하실 수 있습니다. (CIP제어번호 : CIP2019034650)



생각을담는집은 다양한 생각을 담습니다. 출판 문의는 생각을담는집 블로그 및 이메일을 통해 가능합니다.

이 책은 한국문화예술위원회, 경기도, 경기도문화재단, 용인시, 용인문화재단의 문예진흥기금을 지원받아 발간되었습니다.

값 15,000원